THE MOTORCYCLE DIARIE

Notes on a Latin American Jo

Che Guevara

摩托日记

拉 丁 美 洲 游 记

————————

[古]切·格瓦拉 著　崔元涛 译

民主与建设出版社

·北京·

© 民主与建设出版社，2022

图书在版编目（CIP）数据

摩托日记 : 拉丁美洲游记 / (古) 切·格瓦拉著 ;
崔元涛译 . -- 北京 : 民主与建设出版社 , 2022.8

ISBN 978-7-5139-3878-5

Ⅰ . ①摩… Ⅱ . ①切… ②崔… Ⅲ . ①游记 – 作品集
– 古巴 – 现代 Ⅳ . ① I751.65

中国版本图书馆 CIP 数据核字 (2022) 第 103395 号

摩托日记：拉丁美洲游记

MOTUO RIJI LADINGMEIZHOU YOUJI

著　者	［古］切·格瓦拉
译　者	崔元涛
责任编辑	胡　萍　宁莲佳
装帧设计	M^{oo} Design
出版发行	民主与建设出版社有限责任公司
电　话	（010）59417747　59419778
社　址	北京市海淀区西三环中路 10 号望海楼 E 座 7 层
邮　编	100142
印　刷	衡水翔利印刷有限公司
版　次	2022 年 8 月第 1 版
印　次	2022 年 8 月第 1 次印刷
开　本	880mm×1230mm　1/32
印　张	7
字　数	125 千字
书　号	ISBN 978-7-5139-3878-5
定　价	42.00 元

注 : 如有印、装质量问题，请与出版社联系。

目录

切·格瓦拉生平年表

1928年

6月14日，埃内斯托·格瓦拉出生在阿根廷罗萨里奥的一个中产阶级家庭。他的父亲名叫埃内斯托·格瓦拉·林奇，母亲名叫塞莉娅·德拉塞尔纳，埃内斯托·格瓦拉是家中长子。

1932年

由于埃内斯托患有哮喘病，格瓦拉一家从布宜诺斯艾利斯搬到了科尔多瓦附近的一个温泉疗养地，名叫上格拉西亚。由于哮喘严重，在9岁之前埃内斯托只能断断续续地去学校学习。

1948年

埃内斯托原想学习工程专业，后来改变主意，决定在布宜诺斯艾利斯大学的医学院进修。在学校期间，他做过很多兼职，其中包括在一家过敏治疗所工作。

1950年

埃内斯托骑摩托车环游了阿根廷北部，行程达4500千米。

1951—1952年

1951年10月，埃内斯托和他的好友阿尔维托·格拉纳多决定骑着格拉纳多的摩托车"大力神II"前往北美洲。格拉纳多是一位专攻麻风病的生化技师，他的几个弟弟是埃内斯托的校友。两人于12月离开科尔多瓦，他们首先骑到了布宜诺斯艾利斯，同埃内斯托的家人道别。埃内斯托后来在旅行途中以及旅行之后记录了这段冒险经历。这些记录构成了这本《摩托日记》。

1953年

埃内斯托从医学院毕业，顺利成为一名医生。然后他立即开始了另一次环拉丁美洲之旅。途中经过玻利维亚、秘鲁、厄瓜多尔、巴拿马、哥斯达黎加和危地马拉。在危地马拉，他认识了一位名为安东尼奥·洛佩斯（尼科）的古巴青年革命者。在玻利维亚，他目睹了那里的革命。这次旅行的记录后来以《再次上路》为名出版。

1954年

美国支持的军队推翻了危地马拉民主选举产生的哈科沃·阿本斯政府。埃内斯托在危地马拉目睹了这一切之后，他的政治观点发生了巨大的变化，成为一名激进主义者。他逃到墨西哥，并与当地的一群古巴革命者取得了联系。他在墨西哥娶了秘鲁裔女孩伊尔达·加德亚。他们育有一个女儿，名叫伊尔迪塔。

1955年

遇见菲德尔·卡斯特罗后，埃内斯托加入了一支正在组建的古巴游击队，与巴蒂斯塔独裁政权展开游击战。此时的古巴民众称他为"切"——这是对阿根廷人常用的昵称。

1956—1958年

1956年11月，切以军医的身份登上了"格拉玛号"游艇。在很短的时间内，他就表现出了杰出的军事才能。1957年7月，他晋升为司令。1958年12月，他领导的起义军击溃了巴蒂斯塔的军队，赢得了反对巴蒂斯塔武装力量的决定性胜利。

1959年

2月，由于对古巴解放事业做出的巨大贡献，切被授予古巴公民身份。同年，他与阿莱达·马奇结婚。他们育有四个子女。10月，他被任命为全国土地改革委员会工业司司长。11月，他被任命为古巴国家银行行长。切不爱钱，在签署新型纸币的时候，他只简单地写上"切"。

1960年

作为革命政府代表，切访问了苏联、德意志民主共和国、捷克斯洛伐克、中国和朝鲜，并签订了一系列关键性贸易协议。

1961年

切被任命为刚成立不久的工业部部长。8月，他率领古巴代表团出席了在乌拉圭埃斯特角城举行的美洲国家组织（OAS）会议。在会上，他谴责美国总统肯尼迪所谓的"争取进步联盟"。

1962年

古巴革命机构进行整合，切被选入全国领导委员会。切第二次出访苏联。

1963年

切出访阿尔及利亚。当时阿尔及利亚在艾哈迈德·本·贝拉政府的领导下刚刚摆脱法国管辖，赢得独立。

1964年

切于12月出席联合国大会，之后访问非洲国家。

1965年

切带领一支国际纵队前往刚果，支持当地游击队的斗争。为了打消民众对于切行踪轨迹的疑虑，菲德尔·卡斯特罗在新成立的古巴共产党中央委员会上宣读了切的告别信。12月，切返回古巴，秘密策划在玻利维亚的一次新任务。

1966年

11月，切秘密进入玻利维亚。

1967年

4月，切率领的一支游击队与大部队失散。10月8日，仅存的17名游击队员遭遇埋伏，切也受伤被捕。次日，在华盛顿政府的指令下，切被玻利维亚武装组织杀害。切同其他游击队员的尸体被埋在一个无名墓里。10月8日被定为古巴"英雄游击队日"。

1997年

切的尸体最终在玻利维亚被人发现，其遗骸被运回古巴，存放于圣克拉拉市的一座纪念馆内。

行程路线

.

阿根廷

1951年

12月 科尔多瓦至布宜诺斯艾利斯

1952年

1月4日 离开布宜诺斯艾利斯

1月6日 格塞尔镇

1月13日 米拉马尔

1月14日 内科切阿

1月16日—21日 布兰卡港

1月22日 前往乔埃莱·乔埃尔途中

1月25日 乔埃莱·乔埃尔

1月29日 彼德拉-德阿吉拉

1月31日 圣马丁-德洛斯安第斯

2月8日 纳韦尔瓦布

2月11日 圣卡洛斯-德巴里洛切

智利

2月14日 乘坐"莫杰斯塔·维多利亚号"前往佩乌利亚

2月18日 特木科

2月21日 劳塔罗

2月27日 洛斯安赫莱斯

3月1日 圣地亚哥

3月7日 瓦尔帕莱索

3月8日—10日 乘坐"圣安东尼奥号"

3月11日 安托法加斯塔

3月12日 巴克达诺

3月13日—15日 丘基卡马塔

3月20日 伊基克（并参观托科、拉里卡阿文图拉、普罗斯佩里达等地的硝酸盐矿公司）

3月22日 阿里卡

秘鲁

3月24日 塔克纳

3月25日 塔拉塔

3月26日 普诺

3月27日 乘船游览的的喀喀湖

3月28日 胡利亚卡

3月30日 锡夸尼

3月31日—4月3日 库斯科

4月4日—5日 马丘比丘

4月6日—7日 库斯科

4月11日 阿班凯

4月13日 万卡拉马

4月14日 万博省

4月15日 万卡拉马

4月16日—19日 安达韦拉斯

4月22日—24日 阿亚库乔至万卡略

4月25日—26日 拉梅尔塞德

4月27日 奥克萨潘帕与圣拉蒙之间

4月28日 圣拉蒙

4月30日 塔尔马

5月1日—17日 利马

5月19日 塞罗-德帕斯科

5月24日 普卡尔帕

5月25日—31日 乘坐"拉塞内帕号"船顺乌卡亚利河（亚马孙河支流）而下

6月1日—5日 伊基托斯

6月6日—7日 乘坐"埃尔西斯内号"前往圣巴勃罗麻风村

6月8日—20日 圣巴勃罗

6月21日 乘坐"曼波-探戈号"小木筏漂流在亚马孙河上

哥伦比亚

6月23日—7月1日 莱蒂西亚

7月2日 乘飞机离开莱蒂西亚

7月2日—10日 波哥大

7月12日—13日 库库塔

委内瑞拉

7月14日 圣克里斯托瓦尔

7月16日 巴基西梅托与科罗纳之间

7月17日—26日 加拉加斯，切与阿尔维托在此分手

美国

7月下旬 迈阿密

阿根廷

8月 切返回科尔多瓦家中

让我们理解彼此

这不是一个关于英雄事迹的故事，也不仅仅是一个愤世嫉俗者的叙述；至少我的本意并非如此。这是两个怀抱着相似希望和共同梦想的人，度过的一段短暂的携手同行的生命历程。

在一个人生命的九个月里，他可以思考很多事情，上至最高深的哲学沉思，下至对一碗热汤的极度渴望——这完全取决于他的胃的饥饱状态。与此同时，如果他刚好具备一些冒险家的气质，他或许会经历一些让别人感到兴味盎然的事情，而他随手记录的内容读来就像这些日记。

将一枚硬币抛掷到空中，旋转多次之后，落地时既可能是正面，也可能是反面。身为万物尺度的人类，在这里通过我的嘴巴，用我的语言，叙述着我所看到的一切。在抛硬币的时候，很可能会出现十次正面后才出现一次反面，也可能情况正好相反。事实上，这种情况很可能会发生，没必要去辩白，因为嘴巴只能描述双眼真切看到的事情。是因为我们的视线并非永远完美？是因为一切转瞬即逝？是因为我们的知识总有不足？还是因为我们的判断过于武断？好吧，我的手指落在键盘上，打字机便如此阐述了我心中转瞬即逝的冲动。这些冲动如今也已消失殆尽了。此外，没有人能够对这些文字负责。

当再次踏上阿根廷的土地时，那个曾写下这些文字的人已经远去。而重新整理和润色这些日记的我，不再是曾经的那个我了。在这"大写的美洲大陆"上的漫游之旅改变了我，其程度之大超乎我的预料。

在任何一本摄影手册中，你都会看到一张极为清晰的风景照。看上去，风景照是在有着圆月月光映照的夜晚拍摄的。在附文说明中，"白天中的夜景"背后魔法般的影像秘密，被轻易揭示了出来。本书读者可能并不了解我的视网膜的敏感度——我自己也无法感知。所以就算读者们拿着底片对着文字查看，也很难发现我的"照片"是何时拍摄的。也就是说，如果我给你一张照片，并且告诉你我是在夜晚拍摄的，你可能会相信，也可能不信；这对我来说无关紧要，如果你不是碰巧知道我日记里所写的"拍摄"场景，那么对你来说，寻找一种来替代我所说的真相的东西是很困难的。然而现在我要离你而去，留下那个曾经的我……

预告

　　10月的一个清晨，我利用17日的假期①去了科尔多瓦。在阿尔维托·格拉纳多家的葡萄树下，我们一边喝着甜马黛茶②，评论着近来"困顿的生活"中所发生的事情，一边修理着"大力神Ⅱ"③。阿尔维托为他不得不辞去圣弗朗西斯科-德尔查尼亚尔的麻风村的工作而惋惜不已，同时抱怨他目前工作的那家西班牙医院的薪水太低。我虽然也辞去了工作，却与阿尔维托不同，我是快快乐乐地离开的。然而我也会感到心神不定，最主要的原因是我是一

---

① 阿根廷为纪念胡安·庇隆1945年从狱中获释而定的国家假日。庇隆将军于1946—1955年及1973—1974年担任阿根廷总统。

② 马黛茶：阿根廷"国茶"，一种类似茶的饮品，用马黛叶泡成。

③ 格拉纳多的诺顿500摩托车，名字叫"大力神Ⅱ"。

个具有梦想家气质的男人，我极度厌倦医学院、医院和考试。

沿着幻想中的道路，我们到达了一些遥远的国度，驶过热带海洋，游历了整个亚洲。突然，就像在幻梦中，一个问题溜进了我的脑海：

"我们为什么不去北美呢？"

"北美？但是怎么去呢？"

"骑着'大力神Ⅱ'啊，伙计。"

旅行就这样定下来了，它从来没有违背当时定下的基本原则：见机行事。阿尔维托的兄弟们也参与进来，和我们一起喝马黛茶。我们发下誓言：永不言弃，直到实现梦想。接下来我们便开始准备签证、证明、文件等单调乏味的事情，也就是说，要跨过现代国家为即将旅行的人的路途上所设下的重重关卡。为了保住面子，我们决定对外宣称去智利，以防发生意外。

在离开之前，我的主要任务是尽可能多地参加各门考试；阿尔维托则把远行用的摩托车备好，并且研究、制定我们的出行路线。当时，我们并没有预料到旅行途中的困难之艰巨，我们目力所及只有前方道路上的沙尘。摩托车上的我们向着北方风驰电掣般行进。

发现大海

　　一轮圆月映在海面，一层银色的月光铺在海浪上。我们坐在沙丘上，看着潮起潮落，每个人都浮想联翩。对我来说，大海永远是我的知己、我最值得信赖的伙伴，它一直默默地听我倾诉心事，却从不会吐露我的秘密；它总是给出最好的建议——你可以选择任何方式来阐释它那富有意味的喧嚣声。对阿尔维托来说，这是一番奇异且令人躁动的全新景象，他的双眼聚精会神地看着沙滩上的潮涨、潮落，显得很吃惊。将近而立之年，阿尔维托第一次看到了大西洋。他为眼前所见而激动不已——大西洋化作无数细流涌向世界的每个尽头。清新的海风，挟带着大海的力量和情感，占据了我们的感官。海风拂过，万物改变。就连那小鼻子高挺、稀奇古怪的小狗"归来"①，也目不转睛地盯着海面上刹那变幻、铺展开来的银色丝带。

"归来"既是一个象征，也是一个幸存者：说它是一个象征，是因为我希望顺利归来与大家团聚；说它是一个幸存者，是因为这条狗几次都幸免于难——它曾两度从摩托车上摔下来（其中一次连同装它的袋子从车后架上飞了出去），它还曾持续腹泻，甚至被马踩过。

我们到达了马德普拉塔北部的格塞尔镇，在我的叔叔家受到了热情的款待。我们还回味了走过的1200千米的路程。这段路程看似极为轻松，却让我们对距离有了十足的敬畏心。我们不知道最后能不能到达目的地，但我们却清楚地知道前路异常艰辛——至少此时我们是这样认为的。阿尔维托为他之前详细安排的旅行计划而感到好笑，因为按照这个计划，我们的旅行应该已经接近尾声，而事实上我们才刚刚启程。

满载着叔叔"捐赠"的蔬菜和肉罐头，我们离开了格塞尔镇。他让我们到了巴里洛切之后给他发一份电报，这样他就能用这个电报的号码去买一张号码相同的彩票。在我们看来，这似乎过于乐观

---

① 这是埃内斯托准备送给女友齐齐娜的一只小狗的绰号。此时齐齐娜正在米拉马尔度假。

了，因为其他人都笑话我们骑那辆摩托车是为了慢跑。尽管我们下定决心要证明他们是错的，但忧虑感还是自然而然地涌上心头，我们没有信心宣称这次旅行一定会成功。

沿着海滨路前行，小狗"归来"保持着飞行员般的冲劲，它又一次迎面发生了碰撞，却依旧安然无恙。这辆摩托车真的很难控制，车后架超重，致使重心落在车后方，前轮总是往上翘。稍不留神，就会人仰车翻。我们在一家肉店门前停了下来，买了肉和牛奶。肉用来烧烤，牛奶是给小狗喝的，然而它却碰都不碰。为买牛奶而花的钱固然让我心疼，但我现在更为这个小家伙的健康而忧心了。接着我们发现，买来的肉全是马肉。马肉齁甜，我们根本没法儿吃。无奈之下，我随手扔了一块肉，却吃惊地发现，小狗像狼似的、风卷残云般吃了下去。我又扔给它一块肉，依旧如此。看来，它不是非得靠牛奶喂养了。在米拉马尔，"归来"的爱慕者引起了一阵骚动，在这阵骚动中，我准备……

⋯⋯为爱逗留

在米拉马尔，小狗"归来"有了新家，"归来"这个名字就是为这个特殊的新主人而取的，不过这篇日记的意图并非为了记述在米拉马尔的那些日子。由于我的举棋不定，我们的行程被耽搁了。我在等她给我一个肯定的答复，等她告诉我愿意等候我归来。

阿尔维托看出了情况不妙，虽然他从没有提高嗓门说话，却早已想象出了独自漫游美洲大陆的情形。这是我和她之间的角力。有那么一刻，当我自以为是以胜利者的姿态离开时，奥特罗·席尔瓦①的诗句在我的耳边响了起来：

---

① 米格尔·奥特罗·席尔瓦（1908—1985）：委内瑞拉左翼诗人、小说家。

在船上，我听到哗哗水声

她赤裸着双脚

在彼此的脸上

感受着惨淡的黄昏

我的心啊

在远方和她之间徘徊不定

我不知道在哪儿能找到一种力量

让我挣脱她的眼眸

让我逃离她的臂弯

她伫立在雨水和玻璃窗后面

满脸哀伤和泪水，愁云密布

她伫立着，却没能呼喊：

等等！

我愿与你同行！

我后来不禁怀疑，当一根浮木被潮水冲到它向往的沙滩上时，它是否有资格说"我胜利了"？不过这都是后话，对目前来说并无益处。计划中两天的逗留时间，像弹簧似的给抻到了八天。伴随着甜美而苦涩的告别滋味，伴随着由来已久的顽疾哮喘，我最终感觉自己像是被一股冒险旅行的狂风给卷走了，去往比我设想中更奇异的世界，进入比我想象中更出人意料的情形。

我记得那一天，我的"朋友"大海保护了我，把我从被诅咒般的艰难境遇中解救了出来。海滩一派萧索，冰冷的岸上海风呼啸。我将头靠在大腿上，身子蜷缩在沙滩上，周围的一切使我平静。整个宇宙都遵循着我内心声音的驱动，有节奏地涌动着。突然间，一阵更强劲的疾风带来了一阵不同以往的潮声，我惊讶地抬起头，却发现并没有什么异常，是我多疑了。我又将头靠到舒服的大腿上，重温我的旧梦。接着，我再次听到了大海的警告。它那穿云裂石的节奏锤击着我内心的堡垒，也威胁着海面庄严的静谧。

我们感到了一丝凉意，随后离开了海滩，逃离了这让我没法儿好好独处、让人心烦意乱的鬼地方。大海在这一片小小的沙滩上舞动着，丝毫不关心自己的永恒定律，用自己的音符发出警示。但是，一个恋爱中的男人（虽然阿尔维托使用了一个更加粗鄙的词语）无法听到大自然如此的呼唤。在别克车的巨大车厢里，我心里中产阶级的一面尚在酝酿之中。

对每一个优秀的探险家而言，第一戒律就是：一个旅程分为"两点"，一个是起点，一个是终点。如果你的目的是让实际的终点与理论上的终点相一致，那就不要管什么方法了——因为旅程是一个虚拟的空间，该结束的时候自然会结束。也就是说，方法是多种多样的。

我还记得阿尔维托的建议："带上她的手镯吧，不然你都不是你了。"

我恍惚不已，目之所及只有齐齐娜的手镯。

"齐齐娜，那只手镯……我能带走它吗？它能指引我，让我记着你。"

这个可怜的女孩！不管人们怎么说，我都知道黄金并不珍贵。她的手指拿着手镯，仅仅是为了掂量一下爱的分量；正是因为爱，我才向她索要这只手镯。至少，这是我真实的想法。阿尔维托说（以一种十分俏皮的口吻，似乎是针对我），没有必要用纤纤玉指来掂量29克拉足金的爱了吧！

斩断最后的羁绊

我们离开了，下一个目的地是内科切阿，阿尔维托的一个大学同学在那儿当医生。早上的行程颇为轻松，到达的时候，刚好赶上牛排午餐。那位朋友友好地接待了我们，但他的妻子却不太友好。他的妻子似乎在我们落拓不羁的做派中嗅到了危险的气息。

"您还有一年就能获得行医资格，却一走了之？连回来的时间都没有确定？这又是为什么呢？"

对于她的逼问，我们给不了确切的答案，这让她有些震惊。她对我们礼貌有加，但敌意也颇为明显，尽管她知道（至少我认为她知道）最终的胜利属于她——她的丈夫不在我们的"拯救"对象之列。

在马德普拉塔，我们拜访了阿尔维托的一位医生朋友，这位朋友曾加入庇隆党，享有一些特权。而在内科切阿的那位医生则仍对激进党忠贞不贰。不过，这两个党派对我们来说都相当遥远。我认为，支持激进党永远不是一个站得住脚的政治立场，这对阿尔维托来说也已失去意义，虽然有一段时间他和一些他所尊敬的激进党领袖过从甚密。

这对夫妻留我们过了三天好日子。表示感谢之后，我们再一次骑上摩托车，驶向布兰卡港。我们感到有一些孤单，不过也享受到了更多的自由。这次是我的朋友们——我的朋友们也都盼望着我们的到来——十分热情而友好地款待了我们。我们在这个南部港口待了几天，修理了摩托车，还在城里漫无目的地瞎溜达了一圈。那是我们最后一段无须为钱发愁的时光。之后的日子，由于我们资金紧张，我们严格限制了肉、玉米粥和面包的食用量。如今，连面包也散发着一丝警告的味道："以后没法儿再轻易吃到我咯，老伙计！"于是，我们就更加狼吞虎咽地吃了起来。我们想同骆驼一样，为将来的旅行储存足够的能量。

启程的前夜，我病倒了，咳嗽而且发高烧，于是我们推迟一天离开布兰卡港。最后，在次日下午3点，我们顶着烈日启程离去，到达梅达诺斯附近的沙丘时，天气变得更加炎热了。由于重量的分布极不均匀，摩托车很难控制，车轮在沙地上不停地打滑。阿尔维托与沙地进行了一场艰苦的斗争，他坚称他赢了。不过唯一可以确定的是，在成功走上平地之前，我们已经在沙堆里舒坦地休息了六次。然而，我们最终还是走出了沙地，我的伙伴阿尔维托把这当成了他战胜梅达诺斯沙地的重要凭证。

从这儿开始由我来骑车了，为了弥补浪费掉的宝贵时间，我加快了速度。有一段转弯的地方覆盖了细沙，只听到砰的一声——这是整个旅程中最惨烈的事故。阿尔维托看起来没受伤，可是我的一只脚被夹住了，还被汽缸给烫伤了。伤口很难愈合，我的脚留下了一道丑陋的伤疤，很久之后才消失不见。

一场滂沱大雨迫使我们找了个农场来避雨，但到那儿之前，我们得经过一段300米的满是泥泞的崎岖小道，途中我们被甩飞了两次。农场的主人极为热情，但第一次在没有铺沥青的道路上行驶的情形让我们心惊胆战：一天摔了九次。躺在行军床上（从现在开始我们唯一的床），挨着蜗牛般的"家"——"大力神Ⅱ"摩托车，我们依然热切地遥想着未来。我们好像能够更加自由地呼吸清新的空气了，空气中满是冒险的气息。遥远国度里的英雄事迹和美丽女子，在我们狂飙的幻想中盘旋不去。

尽管非常困倦，我却强忍困意。眼中有一对绿点在旋转，一个代表着我身后早已抛却的世界，一个象征着我追求的所谓自由。穿越世界上山河大海的时候，它们为我的非凡征程提供了精神图景。

治流感，需卧床

　　摩托车沿公路行驶，这一段长路平安无事，车无聊地排着气，我们也疲倦地喘着气。在铺满碎石的路上骑车，已然将愉快的旅行变成了一桩苦差事。夜幕降临时，我们已经轮流骑了一整天的摩托车。相比于继续费力骑到乔埃莱·乔埃尔，我们更想睡觉，尽管在那个大镇子上，我们有机会免费借宿一晚。我们停在了本哈明·索里利亚，在火车站旁的一个房间里暂时安顿了下来。接着，我们沉沉地睡了过去。

　　第二天我们醒得很早，但当我去取水泡马黛茶时，一种奇怪的感觉席卷了我的全身，紧跟着我打起了寒战。十分钟之后，我像中了邪一样，不受控制地抖个不停。服用奎宁片对我不起丝毫作用，我的头像打鼓似的敲出奇怪的节奏，奇奇怪怪的颜色杂乱无章地从墙上掠过，胃里也开始翻江倒海，然后我吐出了绿色的秽物。一整天都是这个样子，我吃不下任何东西，到傍晚时我感觉好受些了，才爬上摩托车，靠在阿尔维托的肩膀上睡着了。随后我们到达了乔埃莱·乔埃尔。我们拜访了当地一家小医院的院长兼议员——巴雷拉医生。他亲切友好地接待了我们，并且给我们安排了一个房间睡觉。他给我开了一个疗程的青霉素，我在四个小时后就退了烧。可是每当我们说起要动身离开时，他就摇头说道："治流感，需卧床。"（由于缺乏更好的治疗手段，所以这就是他开的药方。）我们在那儿待了几天，被悉心地照料着。

阿尔维托给我拍了一张身穿病服的照片，我那造型着实令人印象深刻：一双憔悴且发红的大眼睛、整整几个月都没有修剪过的搞笑的大胡子。这不是一张理想的照片，但是它记录了我们周围变化的环境，见证了我们正在追寻的地平线——最终远离"文明"的地平线。

一天早晨，医生没有像往常那样对我们摇头，这意味着我可以出院了。不到一个小时我们就启程了，一路向西，驶向下一个目的地——湖区。摩托车艰难地行进着，有迹象表明它扛不住了，尤其是车身位置——我们经常用阿尔维托青睐的备用电线来修理。他不知道从哪儿引用了一句奥斯卡·加尔维斯①说的话："当一截电线可以代替螺钉时，就给我电线吧，因为它更可靠。"至少在电线的问题上，我们和加尔维斯的想法是一致的，因为我们的双手和裤子就是一个不言自明的证据。

天色已晚，我们仍想骑车到有人烟的地方。我们的摩托车没有前照灯，在这荒郊野外过夜，似乎并不妥当。于是我们打着手电筒缓慢前行，这时摩托车发出了一阵异响，我们却不知道哪里出了问题。由于手电筒的光太过微弱，我们没法儿找出原因，只好在原地扎营。我们想办法先安顿下来，扎起帐篷后钻了进去，并且寄希望于一场酣睡来扛过饥渴（因为这附近找不到水源，我们也没有肉）。然而没过一会儿，刚刚的微风突然变成了狂风，掀翻了帐篷。我们置身于这剧烈的狂风中，寒冷不断加剧。我们只能把摩托车捆绑到电线杆上，然后把帐篷盖在摩托车上作为保护，我们则躺在车后面。飓风即将到来，我们无法使用行军床，这样的夜晚绝不会让人感到惬意，但是困意最终还是战胜了寒冷、狂风以及其他的一切事情。我们第二天早上9点醒来，那时已是太阳高照了。

日光之下，我们发现那可恶的声音原来是车架前部的断裂造

---

① 奥斯卡·加尔维斯：阿根廷汽车拉力赛冠军车手。

成的。现在我们不得不把它固定好，于是我们到了一个镇子上，准备在那儿把断了的金属条焊接一下。我们的朋友——电线——暂时解决了麻烦。接着我们收拾好行李就出发了，但并不清楚我们离最近的人家还有多远。让我们喜出望外的是，才转过第二道弯，我们就看到了一座房子。主人热情地招待了我们，他们用鲜美的烤羊羔肉安抚了我们那可怜的胃。我们又从那儿出发，走了20千米，到了一个叫彼德拉-德阿吉拉的地方，在那儿得以焊接摩托车断裂的部分。可那时已经很晚了，我们打算在那位修车师傅的家里过夜。

摩托车只有几处轻微漏油，并没有特别大的破损，我们继续淡定地朝着圣马丁-德洛斯安第斯驶进。快要到那儿时，我骑着摩托车在潺潺小溪旁铺着美丽沙砾的拐弯处摔倒了，这是我们在阿根廷南部第一次真正意义上的摔倒。这回"大力神Ⅱ"车体受到重创，我们不得不停下来。最糟糕的是，我们怕什么就来什么：摩托车的后胎被扎破了。为了补好它，我们只能卸下所有的行李，解开固定车架的电线，开始捣鼓起外胎，但是我们那可怜的撬棍没有派上一点儿用场。更换瘪了的轮胎（我承认我们确实有些懒）花了我们两个钟头。傍晚，我们到了一个大牧场，这儿的主人是热情好客的德国人，碰巧的是，他们曾经收留过我的一个叔叔过夜。叔叔是一位痴狂的老旅行家，也是我现在效仿的榜样。农场主让我们在流经农场的河边钓鱼，阿尔维托甩出钓鱼线，他还没缓过神来，一条色彩斑斓的鱼就从他的鱼钩末端蹦了出来，在阳光下闪闪发光。这是一条彩虹鳟鱼，一种既漂亮又可口的鱼（如果把它烤熟了再配以作料，会更觉如此）。由于第一次就尝到了甜头，阿尔维托显得热情满满，一次又一次地抛线钓鱼，我则把之前钓上来的鱼给烤了。他又折腾了几个小时，可是再也没有一条鱼上钩。天色暗了下来，我们去农场工人的厨房里过夜。

早上5点，厨房中央的巨大火炉生起了火，整个房间里烟雾弥漫。农场的工人们传递着苦马黛茶，还嘲笑我们喝的是"给姑娘喝的马黛茶"。在这个地方，大家都是这么形容甜马黛茶的。他们一般不会主动与我们交流，因为他们是典型的被白人征服的阿劳坎族人。白人过去给他们带来了不幸，直到今天还在继续剥削着他们，所以他们对白人带有很强的戒备心。他们在回答关于这个地方的生活和工作的问题时，总是耸耸肩说"不知道"或"也许"，便草草结束了谈话。

农场主给了我们一次用樱桃填饱肚子的机会，我们吃得太多，后来走到了李子树边时，我们已经快吃不动了，只好躺在地上好好消化。阿尔维托倒是又吃了一点儿，免得看起来没有礼貌。我们爬到树上贪婪地狼吞虎咽，好像在比赛谁能把树上的果子先吃完。农场主的一个儿子用难以置信的眼神看着我们——我们衣衫不整并且饥不择食，但他还是默不作声，让我们吃到心满意足。到最后，我们不得不缓慢走动，生怕把胃里的食物给颠出来。

修理好摩托车脚踏启动器和其他一些零碎问题之后，我们再次踏上了去往圣马丁-德洛斯安第斯之路。天色变暗之前，我们刚好到了那里。

圣马丁-德洛斯安第斯

　　道路在低矮的山麓丘陵间蜿蜒盘旋，这里是雄壮的安第斯山脉的起点。接着沿陡坡下行，直到一个毫无吸引力可言的破败镇子。它被树木茂盛的崇山峻岭所环绕，两者形成了强烈的反差。圣马丁位于黄绿色的斜坡上，斜坡与幽蓝的拉卡尔湖融为一体。那是一片宽35米、长500千米的狭长水域。当它作为旅游者的向往之地而被"发现"时，顺带解决了镇子上的气候和交通问题，小镇居民的生计也得到了保障。

　　起初我们尝试在当地一家诊所求宿，却以失败告终，但我们被告知，可以用同样的方法在国家公园办公室试试。公园的负责人同意我们借宿在里面的一个工棚里。之后，公园守夜人到了我们这儿。他是一位表情冷酷、体重达140多千克的胖子，但对我们格外友好，还允许我们在他的小屋里做饭吃。第一天晚上我们过得非常美好。我们睡在工棚里，躺在温暖舒适的稻草上——这里的夜晚异常寒冷，所以稻草是此地的必需品。

我们买了一些牛肉，然后沿着湖岸漫步。在浓密的林荫之下，一片荒野阻挡了文明社会的进行。当旅行结束之后，我们计划在这个地方建造一座实验室。我们不禁幻想：透过巨大的玻璃窗，整个湖面的景色尽收眼底；冬天到来时银装素裹；我们划着小船在湖面上穿梭；或是在小船上钓鱼；或是永远畅游于原始森林。

尽管常在旅途，我们却渴望停留在我们所造访过的胜境。但只有亚马孙森林和这个地方，才能如此强烈地唤起我们心中想要安定的渴望。

我现在明白了，我的命运就是外出远行，或者更恰当地说，旅行是我们两个人的命运，因为阿尔维托也有这样的感觉。然而，有这样一些时刻，南部那些迷人的地方，也让我心生向往。也许有一天，当我对周游世界感到厌倦时，我会回到阿根廷，在安第斯湖区安顿下来，即便不会久留，至少也会稍作停留，那会儿我对这个世界的理解将会有所改变。

傍晚我们开始往回走，还没等到达住处，天就黑了下来。我们惊喜地发现唐佩德罗·奥拉特——那位守夜人——已经准备好了一顿丰盛的烧烤来款待我们。我们也买了红酒作为回礼，然后狼吞虎咽地吃了起来。我们夸赞这些烤肉如何美味，说只怕不久之后便不能像在阿根廷一样吃得如此尽兴了。唐佩德罗告诉我们，下周日在当地有一场摩托车赛，有人请他给赛手们筹备一场烤肉宴。他想找两个帮手，于是便将这份活交给了我们，他说道："记住，我可不会付给你们工资，但是你们可以拿些肉以后吃。"

这个主意似乎不错，于是我们接受了这份差事，成了"南阿根廷烧烤老大爷"的第一、第二助手。

我们这两位助手怀着巨大的热情等待着星期日的到来。那天早上6点钟，我们开始了第一项任务：把木柴搬上卡车，再运到烧烤的地点。我们一直干到上午11点。随着一声令下，大家都飞奔而来，急不可耐地吃起了美味的烤排骨。

发号施令的人相当奇怪，每每我提到他都毕恭毕敬地使用"夫人"一词。后来我的一位工友说道："嘿，切老弟，不要跟唐彭顿开这么过分的玩笑，他会生气的。"

"谁是唐彭顿？"我带着孩子似的天真表情问道。唐彭顿就是那位"夫人"，这个答复让我脊背发凉，但也没持续多大一会儿。

烧烤的时候，通常给每个人都准备了足够多的烤肉，这次也是如此。所以我们就放开了吃，打算像骆驼一样接着旅行。此外，我们还执行了一个精心筹谋的计划。我假装喝得越来越醉，时常装出快要吐出来的样子，然后趁机将一瓶葡萄酒藏在皮夹克里，接着踉踉跄跄地走到小溪旁。连续五次下来，我们已经带出去了五瓶葡萄酒，并将它们放在柳树下的水里冰镇着。活动结束后，该把东西装回车上，返回镇里了，我却继续扮演着自己的角色，极不情愿地干着活，并且一直和唐彭顿斗嘴。演到后面，我仰面朝天躺在草坪上，毫不动弹。阿尔维托以我好兄弟的身份出场了，为我的行为向老板赔不是，卡车开走后他留下来照顾我。当卡车的轰鸣声渐行渐远时，我们一跃而起，像小马驹似的奔向藏酒处，这些酒能让我们畅饮好几天了。

阿尔维托先我一步奔到柳树下，可他的面部表情突然像喜剧演员一样凝滞了：一瓶酒都没了。要么是我假装喝醉的样子没有骗到他们，要么就是有人看到我把葡萄酒偷偷带了出来。现在的事实是，我们又像过去一样一无所有了。在我拙劣地表演醉态时，确实有人不怀好意地笑了一下。我们在脑海中把这些人的面孔过了一遍，希望能分辨出谁是小偷，最终却是徒劳。我们只好拖着他们给的一块面包和一些奶酪，以及烧烤剩下来的几千克肉，步行回到镇上。我们确实吃饱喝足了，但狼狈不堪，不单是因为没了葡萄酒，更是因为有人戏弄了我们。这种感觉简直难以言表啊！

第二天下起了雨，天气寒冷，我们认为摩托车赛可能不会如期举行了。我们打算等到雨停之后再去湖边烤肉，却听到广播通知，比赛照常进行。我们身为烤肉帮工，得以免票入场，然后就舒舒服服地坐在那儿，看国家级的赛车手进行高水准的赛车较量。

我们在小屋门口喝着马黛茶，考虑着启程的事情，商量哪条路最好走。这时，一辆吉普车到了，车上载着阿尔维托的一些朋友，他们来自遥远且颇为神秘的康塞普西翁-德尔蒂奥镇。我们友好地互相拥抱，随后找了个地方，一个劲儿地往肚子里灌酒，此情此景，豪饮才是正解。

我们受邀去参观他们工作的胡宁-德洛斯安第斯镇，于是我们就出发了。为了减轻摩托车的负担，我们把行李留在了国家公园的工棚里。

周边探险

胡宁-德洛斯安第斯没有它湖边的兄弟那么幸运，它只能在被文明遗忘的一隅继续单调地残存着。政府试图唤起镇子的生机，建造了厂房，我们的朋友就在那里工作。我之所以说是"我们的"朋友，是因为没过多久，他们也都是我的朋友了。

在这里的第一个夜晚，我们回忆了康塞普西翁镇的往事。身边那似乎无穷无尽的红葡萄酒，让我们的情绪高涨了起来。我并不是酒场老手，只好退出酒局。不一会儿我就像呆木头一样睡了过去，到底是真正的床啊，我得对得起它。

在朋友工作的车间，我们花了一天的时间修理了摩托车的一些问题。当天晚上，他们为我们准备了一场阿根廷风格的隆重欢送会：牛羊肉烧烤，配有面包、肉汁和超棒的沙拉。儿大纵情狂欢之后，我们再次拥抱，之后就离开了，启程去往当地的另一处湖泊——卡鲁埃。那里的路况并不好，我想把摩托车从沙堆里弄出来，可怜的它却在沙堆中不断地喷着尾气。开始的5000米花了我们一个半小时，之后的路况有所改善，我们畅通无阻地到达了小卡鲁埃湖，郁郁葱葱的小山丘环绕在这个蓝绿色的小湖四周。之后我们又抵达了大卡鲁埃湖。那是一个更加辽阔的湖泊，可惜我们无法绕湖骑行，因为这里只有一条马道——当地走私犯用来潜入智利的道路。

我们把摩托车留在了护林员的小屋旁（护林员不在家），之后我们开始爬那座面朝湖泊的山峰。那时已经快到午饭时间，我们只带了一块奶酪和一些蜜饯。一只野鸭飞在湖面上，阿尔维托估摸了一下与野鸭的距离，想想护林员不在，被罚款的可能性应该不大，于是就来了一枪。运气很好，一枪命中（野鸭可不走运了），野鸭落入湖中。我们随即开始争论，应该由谁下水去拿回猎物。我输了，于是我跳入了湖中。冰块像手指一样牢牢抓着我的全身，让我几乎动弹不得。我本来就畏寒，为了拿回阿尔维托打到的猎物，我来回游了20多米，活像个贝都因人。还好我们有烤鸭吃，由于饿得厉害，那只烤鸭对我们来说简直是人间珍馐。

用完午餐后，我们精神焕发，于是斗志昂扬地开始爬山。然而刚开始，一群牛虻就加入了我们的队伍之中，在我们头上转个不停，一逮到机会就叮我们一口。爬山是个折磨人的活，我们既缺少合适的登山装备，又缺乏经验。后来的几个小时让人感到疲惫，但好在我们最终爬到了山顶。可我们大失所望——山顶上无法饱览全景，周围的山峰把一切都挡得死死的。无论我们朝哪个方向看，都有一座山峰遮挡视线。我们在这覆盖着白雪的山顶上说了几分钟的玩笑话，黑夜将至，提醒我们该下山了。第一段山路比较轻松，可是到了后来，引领我们下山的溪水变得湍急，两侧变得陡峭平滑，再加上石头特别光滑，在这上面行走非常艰难。我们不得不抓着边上的柳树往下走，最终到了危机四伏的茂密芦苇荡。夜幕降临，周围一片怪异的喧闹声包围着我们，我们感觉每一步都在踏入虚空。阿尔维托弄丢了他的护目镜，我的裤子也被划成了破布。然后，我们到了一片林木带，从那儿起，我们走每一步都万分警惕，因为周围伸手不见五指。我们的第六感都更加敏锐了，每时每刻都感觉周围是万丈深渊。

我们深陷在泥泞路上，艰难跋涉了很长一段时间之后，认出了这条小溪汇入的是卡鲁埃湖。几乎顷刻间树木也消失不见，我们到达了一处平地。这时，一头身形巨大的牡鹿一瞬间穿过了小溪，月光给它镀了一层银色的皮肤，随后牡鹿消失在灌木丛中。这种来自大自然的震颤直击我们的内心。我们尽量走得缓慢些，以免打破这个荒野庇护所里的宁静，现在我们与这个地方融为了一体。

我们蹚过一条细流，水刚好没过我们的脚踝，脚一触水便让我立马想起了那令人极为讨厌的冰手指。接着我们抵达了护林员的小屋，他对我们十分友善，让我们喝热马黛茶，还给我们提供了羊毛垫，我们睡到了第二天中午。醒来已是12点35分。

返程路上，我们骑得很慢。途中经过的那几处湖泊，比起卡鲁埃湖来，真是小巫见大巫了。我们最终到达了圣马丁，唐彭顿先生给了我们一人10比索作为烧烤帮工的薪水。后来我们就一路向南前行了。

亲爱的妈妈

1952年1月

去巴里洛切的路上

亲爱的妈妈:

　　您很久没有收到我的信了,我也很久没有收到您的了,我很牵挂您。我很难在寥寥数行中,告诉您这段时间在我身上发生的所有故事。就聊聊我离开布兰卡港后的那两天吧。那会儿我病倒了,发着40摄氏度的高烧,在床上躺了整整一天。翌日清晨,我挣扎着起床,但最终还是进了乔埃莱·乔埃尔的地区医院。医生给我开了一剂青霉素,这种药少有人知,四天之后我才康复……

　　我们凭着一贯的足智多谋,解决了路上纠缠我们的种种难题,抵达了圣马丁-德洛斯安第斯。圣马丁-德洛斯安第斯有一处美丽的湖泊，坐落在原始森林之中。您一定要来这里看一看，我确信您会觉得此地值得一游。我们的脸粗糙得像砂纸。每到一处有花园的房子，我们就会寻求食物、住宿和一切能够提供给我们的东西。我们最后在冯·普特纳莫家的大农场落脚，他们是豪尔赫的朋友，尤其是那个庇隆主义者，总是醉醺醺的，不过倒是三个人里最好的一个。我已经诊断出一个枕骨区有肿瘤的病人，那可能是由棘球蚴囊引起的，所以我们等了等，看看会发生什么。两三天之后我们会前往巴里洛切，去的路上我们也可以从容些。如果您的信可以在2月10日或12日之前寄到这儿的话，那麻烦给我寄到邮局待领处吧。就写到这里了，妈妈，下一页我准备写给齐齐娜。替我向大家问好，记得一定要告诉我，爸爸现在是不是在南方。

儿子给您献上一个充满爱意的拥抱。

在七湖路上

我们沿着七湖路前往巴里洛切。七湖路确如其名，在抵达镇子前要绕过七个湖。前几千米，"大力神Ⅱ"一直平稳地行驶着，没有出现任何故障。夜幕降临，我们心生一计。由于那晚实在冷得出奇，我们以破旧的车前灯为借口，得以在修路工的小屋里睡上一觉。那晚真是天寒地冻，很快就有人到访，说是希望借给他一些毯子，因为他和妻子在湖边露营，都快冻僵了。我们过去和这对坚毅的夫妻分享了马黛茶。他们只用一顶帐篷和背包里的家当，就已经在湖边生活了一段时间，这对夫妻实在是令我们感到羞愧难当。

第二天我们继续出发，经过形态万千的湖泊，湖的四周全是原始森林，原野的芬芳轻抚着我们的鼻腔。说来也奇怪，看惯了湖泊、森林和被精心照料的花园，我们开始感到厌烦。走马观花地一瞥这些风景，只会生出千篇一律的无聊感觉，无法让人沉浸到这个地方的意境之中。因此，至少得在这儿停留几天才行。

我们最终到达了纳韦尔瓦皮湖的最北端，吃了一顿丰盛的烤肉大餐后心满意足，于是我们躺在湖岸上睡觉。可当我们准备再次出发时，却注意到摩托车后轮被扎了个洞，自此之后，又要开始与内胎杠上了。每当我们补好一边，另一边就又破了，直到我们用完了所有补丁。我们别无他法，只好留在原地过夜。一个年轻时当过赛车手的奥地利门卫，给我们提供了一个空棚子过夜。他既想要给同是车手的我们提供帮助，又害怕老板因此而斥责他。

他用磕磕巴巴的西班牙语告诉我们，此地有美洲狮出没："它们十分凶残，看到人根本不怕，上来就攻击！长着浓密的金色鬃毛……"

我们试着闭紧大门，却发现门看起来像是个马厩的门，只有下半部分可以关上。我们脑子里全都是美洲狮的鬼影，于是我把左轮手枪放在头旁边，以防美洲狮在半夜突然袭击。天刚破晓时，爪子挠门的声音惊醒了我。躺在我身旁的阿尔维托吓得都怔住了。我用手紧紧握着左轮手枪。一双发亮的双眼从树影里盯着我。这只动物像猫一样朝我们这边跃了过来，黑色的躯体眼看就要翻进门来。

在本能的反应之下，我们瞬间失去了理智。自卫的冲动让我扣动了扳机。子弹击中了墙壁，发出雷鸣般的声音，响彻了整间屋子。当门口出现了一个点燃的火把时，声音才停了下来，紧接着就有人歇斯底里地朝我们吼着。我们心虚胆怯，默不作声。那时我们就知道，或多少能猜出门卫为什么要用那么大的声音喊叫了。他的老婆扑到了这只动物的尸体上，哭声撕心裂肺，因为这是她的凶恶且暴躁的小狗波比。

阿尔维托去安戈斯图拉找人补胎，我觉得我只能在野外过夜了，因为我们已经被人家视为杀人犯了，总不能求他们让我在屋里再住上一宿吧？巧的是，在摩托车熄火的一条邻近道路上，有另一个修路工的小屋，他让我和他的一个朋友在厨房里挤挤睡。午夜，嘈杂的雨点声惊醒了我，我准备起来用防水布把摩托车盖好。由于我之前用羊皮当过枕头，被它刺激得哮喘复发，所以我打算先用呼吸器吸上几口再出去。就在我吸气的时候，沉睡的伙伴被吵醒了。他突然动了动，随即又一声不响。我能察觉到，他毯子下面的身体开始发僵，屏住呼吸并且紧握一把刀。昨夜所经历的事情还历历在目，我怕被他捅伤，决定原地不动。在这个地方，妄想症似乎也会传染。

次日傍晚我们抵达了圣卡洛斯-德巴里洛切，并在警察局过了一夜，准备乘坐"莫杰斯塔·维多利亚号"驶向智利边境。

现在，我感到自己被连根拔起，自由，却又……

我们在警察局的厨房里躲雨，狂风暴雨在外面肆虐着。我一遍又一遍地读着那封让人难以置信的来信。就这样，我对家的所有渴望，以及他们目送我离开米拉马尔时的眼神，都似乎毫无理由地崩塌了。疲惫不堪的感觉席卷了我的全身，在半睡半醒中，我听到了一场热闹的谈话：一个环游世界的囚犯正在天花乱坠地说着异域风情，其中不少内容是他编造的，好在听众们对此一无所知。我听到了他那热情满满、颇有魅惑力的故事，听众们把脸贴得越来越近，似乎能更好地弄清故事的真相似的。

仿佛穿过层层迷雾，我看到了我们在巴里洛切时遇见的那位美洲医生，他向我点头说道："我认为你会到达目的地，因为你很有毅力。但是我觉得你最好在墨西哥停留些时日，那儿可是一个美不胜收的国度。"

我突然觉得自己和水手一同飞到了遥远的土地上，远离自己现在生活的这个地方。我十分不安，发觉自己无法感知到任何东西了。我开始为自己担忧起来，于是准备动笔写一封信，却无法写出来，再怎么努力也没用。一片朦胧的光包围着我，幽灵们把我团团围住，可是"她"却没有出现。我依旧深信我还爱着她，但我发觉，此时此刻我已经感受不到任何东西了。

我要用自己的意念来把她唤回。我要为她而战斗，因为她是我的，我的……然后我睡着了。

和煦的阳光照亮了新的一天，这是我们启程离开的日子，也是我们告别阿根廷的日子。将摩托车搬上"莫杰斯塔·维多利亚号"并不轻松，但是我们最后还是凭借耐心完成了。把摩托车抬下船也同样困难。之后我们到了被夸张地命名为布莱斯特港的小湖边的一个地方。我们在路上行驶了三四千米，然后再次回到水路上，那是一片污浊的绿色湖泊，名叫弗里亚斯湖。

短暂的航行之后，我们到达了海关，之后是智利移民局检查站，它位于山脉的另一边。此山脉与同纬度的其他山脉比起来要低得多。我们又驶过一处湖泊，湖水来自特罗纳多河，这条河发源于雄壮的特罗纳多山。这片名为埃斯梅拉达的湖与我们阿根廷的湖截然不同，这儿的水温暖宜人，在水中泡澡是件极为诱人的快事。山的高处有个叫卡萨潘弋的地方，那儿有一处观景台，可以将智利的美景尽收眼底。那一刻对我来说，就像处于一个十字路口。我正展望着未来，目光越过智利的狭长国土，遥望着更为遥远的地方，同时在脑海中琢磨着奥特罗·席尔瓦的诗句。

好奇心的对象

载着我们摩托车的那个破旧大船，每个缝隙都在渗水。我一边尽力保持着水泵的节奏，一边神游于九霄云外。我们的摩托车捆绑在一个奇特的装置上，我们卖力地为自己和"大力神 II"挣船票，挥汗如雨。一位从佩乌利亚回来的医生也在这艘往返于埃斯梅拉达湖的船上。他从我们身边经过时，看到我们半裸着泡在水泵房肮脏的水里，正卖力地抽水，不让船沉下去。这位医生的脸上浮现出了好奇的神情。

旅途中，我们遇见了好几个医生，给他们添油加醋地讲起了麻风病，这引来了来自安第斯山脉另一边的同行们的仰慕。他们之所以对我们仰慕有加，是因为麻风病在智利并不严重，使得他们对麻风病及其患者几乎一无所知。他们坦诚地告诉我们，至今还没见过一个麻风病人。他们还告诉我们，在遥远的复活节岛有个麻风村，生活着一小群麻风病人。他们说那个岛是一个迷人的小岛，这激起了我们探索科学的兴趣。

考虑到我们正在进行一场"非常有趣的旅行"，这位医生豪爽地提供了任何我们可能需要的帮助。我们在智利南部度过了几天开心的日子，当我们的胃总是被填得满满的时候，就不会那么厚颜无耻了。我们只是请求这位医生帮我们写一封介绍信给复活节岛之友协会的会长，而这位会长就住在瓦尔帕莱索，离医生并不远。医生听了之后欣然同意。

湖上之旅在佩特罗韦便到头了，我们在那里向众人一一道别。但在此之前，我们摆了些姿势，供几个巴西黑人女孩拍照留念，她们还说，要把我们的照片放在她们智利南部旅行的摄影纪念集里。我们又摆了些造型，让一对不知来自哪个欧洲国家的夫妻拍照，他们非常正式地记下了我们的地址，说回家后要把洗好的照片寄给我们。

小镇上有个有趣的家伙，想把一辆大篷车开到奥索尔诺，那儿恰好也是我们要去的地方，所以他就问我们是否愿意给他当司机。就如何换挡的问题，阿尔维托给我开了一个速成班，随后我一本正经地披挂上阵了。就像动画片一样，我颠簸地开着车，跟在阿尔维托的摩托车后面。每次转弯都是一场折磨：刹车，踩离合换挡，一，二，我的妈呀，快救救我……公路蜿蜒穿梭于美丽的乡村，并沿着奥索尔诺湖延展。奥索尔诺火山则像哨兵一样，站立在我们的上方。不幸的是，那段路程事故多发，我们无暇欣赏沿途美景。我们正飞速下坡，一头小猪突然跑到了车前面，由于我还没有完全熟练地掌握踩刹车和踩离合，因此就这样撞上了。

我们抵达了奥索尔诺，四处张望了一番后，便离开了那里，继续北上。我们穿梭在智利美丽的乡间，那里的田野被分成许多的小块，每一小块地都有人耕种，这与我国南部地区贫瘠的土地大不相同。智利是一个非常友好的民族，无论我们走到哪里，他们都是如此热情好客。在一个星期天，我们终于到达了瓦尔迪维亚港。我们漫步在城市街头，偶然走到一家名叫瓦尔迪维亚邮报的报社，随后他们非常友好地写了一篇关于我们的报道。这里正举城庆祝瓦尔迪维亚港建立400周年，我们之所以到访这座城市，是想向这座城市的征服者致敬，这座城市便是以他的名字命名的。报社记者还劝我们给莫利纳斯·卢科写一封信，让他为我们伟大的复活节岛之行计划铺平道路。

港口上堆满了货物，我们对这些东西非常陌生。市场上的商贩们售卖的各色食品，典型的智利木屋，还有瓜索斯①的特色服装，这些事物与我们在国内了解的大不相同。那儿还有一些美洲本土的东西，并没有随着异国文化侵入潘帕斯草原而改变其风貌。或许是因为在智利的盎格鲁-撒克逊移民还没有和当地人通婚，所以土著民族得以保留纯正的血脉，但这种情况在我们国家是不存在的。

尽管我们与瘦瘦的安第斯兄弟在风俗和语言习惯上有许多差别，但是有一点似乎是共通的，他们一看到我穿的只到小腿的裤子时就会说："你很时髦啊！"穿成这样并不是我的个人风格，这是我从一个身材矮小却豪爽大度的朋友那里"继承"而来的。

---

① 瓜索斯：智利农民。

专家

　　我总是不厌其烦地讲着智利人的热情好客，这正是我之所以到此地旅行的原因。我们也充分利用了这一点，在这儿旅行简直是一种享受。被单下的我渐渐醒来，估摸着这么舒适的床得值多少钱，并计算着昨夜的晚餐总共有多少卡路里。接着，我的脑海里开始回顾最近发生的事情：由于"大力神Ⅱ"爆胎，我们被撂在了雨中，真是叫天天不应，叫地地不灵；好在劳尔慷慨解囊，我们现在睡的正是他的床；我们还接受了特木科《南方报》的采访。劳尔是兽医学专业的学生，不过看起来似乎并不怎么用功。他将我们的破旧摩托车抬到了他的卡车上，然后把我们带到了这个智利中部的幽静小镇。说实话，或许有那么一刻，这位朋友可能希望从没有遇到过我们，因为我们搅得他一晚上都坐卧不安。但这也只能怪他自己，谁让他吹嘘自己在女人身上花了很多钱呢！他还要邀请我们去卡巴莱看一晚上的歌舞表演，他来承担所有费用。承蒙这位仁兄的邀请，我们打算在巴勃罗·聂鲁达①生活的地方多待些时日。接着我们也开始参与到这场天花乱坠的吹嘘中。过了好一会儿，他终于交代了那个不可避免的问题（缺钱），这意味着我们只能以后再参观那个让人魂牵梦绕的娱乐场所了。作为补偿，他给我们提供了食物和住宿。所以我们在半夜1点到了他家，把桌子上的食物一扫而空。后来又上了些菜，全都非常丰盛，我们吃得心满意足。我们可谓反客为主，占了这家主人的床。他的父亲被调到了圣地亚哥工作，所以这儿也没留下几件家具。

早上的太阳都打扰不了阿尔维托的美梦，他依然沉沉地酣睡着。而我则慢慢地穿戴，这并没有多难，因为晚上睡觉和白天起床后，我们穿戴上的唯一不同就是白天穿着鞋。报纸上充斥着各色新闻事件，与我们贫穷的生活形成了鲜明对比。任何内容都无法引起我的丝毫兴趣，只有在二版上用大字登出的当地新闻引起了我的注意：

两位阿根廷麻风病专家驾驶摩托环游拉丁美洲

---

① 巴勃罗·聂鲁达（1904—1973）：智利诗人。

接下来是小字体：

*他们已到达特木科，并计划前往大拉帕岛*①

以上的文字对我们的厚颜无耻做出了高度概括。我们两人成了美洲麻风病学领域的专家，有着丰富的临床经验，并且已经治疗过3000多名病人，对这个大陆上最重要的麻风病研究中心非常熟悉，同时对这些中心的医疗卫生状况也都非常了解。我们两位专家终于造访了这个风景如画却又令人忧伤的小镇。我觉得他们会很感激我们对这个镇子的尊重，但事实是否果真如此，我们不得而知。主人一家围绕这篇报道聊了起来，其他报道倒变得无足轻重了。在他们的仰慕之中，我们道了别，可后来关于他们的事情我们什么也想不起来了，甚至连他们的名字也都忘得一干二净。

我们曾请求把摩托车停到一个男人的车库去，他住在市郊，我们这会儿正前往那里。此时，我们两人已经不再是骑着摩托车的流浪者了。今非昔比，我们现在已经顶着"专家"的名号了，也得到了与之相符的待遇。我们用了整整一天的时间来修理和调试摩托车，一个皮肤黝黑的女孩时不时地端些小点心过来。在享受完主人准备的美味下午茶后，我们在下午5点告别了特木科，驶向北方。

① 大拉帕岛：复活节岛。

困难加剧

离开特木科的路上，一开始和往常一样顺利，但在出了城之后，我们发觉后车胎又被扎破了，只好停下来补胎。我们铆足劲儿干活，却发现刚换好的备胎也在漏气，原来它也被扎破了。看来我们要露宿荒郊野外了，因为在夜里我们是无法修好车胎的。然而，我们现在可不再是无名之辈了，而是专家啊。我们很快就找到一个铁路工人，他邀请我们去家里做客，在那儿我们活像两个国王。

第二天一大早，我们拿上摩托车的内外胎去了修车行，先把扎在车胎上的金属片拔掉，然后再把车胎补好。我们在夜幕快要降临的时候才离开，在此之前还受邀品尝了一顿智利特色的菜肴：牛肚，还有其他几道类似的菜。这些非常辣的菜肴同可口的烈酒一起下肚。同往常一样，智利人的热情好客再次征服了我们。

我们没骑多远（不到80千米），便在一个公园护林员的小屋中过夜。他希望我们能给一些小费，但他并没有得逞，于是次日早上拒绝给我们提供早饭，我们只能沮丧地离开了。我们打算骑个几千米后生堆小火，再煮些马黛茶来喝。骑了一小段路后，我们又打算找个地方歇歇脚。突然，没有任何预兆地，摩托车来了个急转弯，我们都被甩飞到了地上。我和阿尔维托倒是安然无恙，于是查看了一下摩托车，发现有一条转向杠坏了，更糟糕的是，变速箱也被撞坏了。我们无法继续前行了，现在唯一能做的就是耐心等待一个乐于助人的卡车司机把我们捎到下一个镇子。

一辆从反方向驶来的车停了下来，车上的人下来看了看情况，说愿意提供帮助。他们还说，像我们两位这样的科学家，无论我们需要什么，他们都愿意竭尽全力来帮助。

其中一人说道："你们知道吗，我之前看过报纸里的照片，所以一眼就认出了你们。"

可是，除了希望有一辆卡车从另一个方向驶来，我们别无所求。在感谢了他们的好意之后，我们打算喝点儿马黛茶。这时一个附近棚屋的主人邀请我们到他的家中坐坐，我们被请进厨房，喝了几升茶。在那里，我们看到了他的查兰戈琴。这是由三四根约两米长的琴弦做成的乐器，琴弦紧紧绑在固定了两个空罐子的板上。只见这位音乐家给指头上戴了一种金属指套，拨动琴弦，发出的声音类似于玩具吉他。大概在12点的时候，一辆厢式卡车经过，在我们的苦苦恳求下，司机同意把我们送到下一个镇子。

我们找到了当地最好的一家修车行，还找到了一位会焊接的师傅，这是个个头不高却很友好的男孩，名叫卢纳。他还带我们去他家吃了一两回午饭。我们的时间一半用来修理摩托车，一半花在了对我们充满好奇的来访者身上。他们专程来修车行看我们，而我们则到他们家里蹭饭吃。修车行的隔壁是一家德国人，或者说是德国后裔，对我们相当大方。到了晚上，我们睡在当地的一个工棚里。

摩托车差不多修好了，我们打算次日启程离开。几个新结识的朋友邀请我们喝上几杯，于是我们决定放开喝，和他们喝个痛快。智利的酒醇香美味，我喝得特别快，后来喝得太多了，到跳乡村舞的时候，我觉得自己已经可以和世界较量较量了。这个夜晚过得很惬意，我们填饱了肚子不说，酒也喝得相当舒服。修车行里有位非常友好的师傅，邀请我和他的妻子跳舞，因为他将各种酒混着喝，现在感觉有些不舒服。他那火辣的妻子正在兴头上，我那时也灌了太多智利酒，便拉着她的手，想到外面去。她温顺地跟在我的后面，但注意到她的丈夫正看向我们，于是她说还是不出去了。我那会儿晕乎乎的，听不进她的解释，就和她在舞池中央争吵了起来。

在众人的注视下，我用力把她往一扇门拽去，她却试图把我踢开，可我还继续拽，致使她失去了平衡，摔倒在地板上。

我们转身往村子里跑去，一群跳舞的人愤怒地追赶我们，阿尔维托还在大声抱怨，说那个女人的丈夫本来会请我们喝上一壶，这下可没有酒喝了。

"大力神Ⅱ"的最后之旅

　　我们早早起床，解决了遗留的摩托车修理问题，便逃离了这个对我们不再友好的地方。但在离开之前，我们还是接受了邀请，在修车行旁边的那户人家吃了最后一顿午饭。

　　阿尔维托有一种不祥的预感，所以怎么都不想骑摩托车，我只好坐到了前面。我们只骑了几千米，便不得不停下来修理坏了的变速箱，之后又往前骑了一小段，在一个急转弯的地方稍微快了一点儿，刹车的螺丝又掉了。此时，一头奶牛的头从拐弯那儿冒了出来，紧跟着就出现了一大群牛。我紧紧攥着手刹，可是它焊得不太牢固，被我捏断了。有那么一会儿，除了那模糊的牛的身影从我两侧一闪而过之外，我什么也看不到，而那可怜的"大力神Ⅱ"加速冲下了陡坡。神奇的是，我们只擦伤了最后一头奶牛的腿，但远处的河流向我们疯狂地咆哮着。我赶紧把车把扭向了另一侧，眨眼间摩托车登上了两米高的河堤，我们俩则夹在了两块大石头中间，幸好并无大碍。

多亏了报纸的"推广"，一些德国人收留了我们，把我俩奉为上宾。夜里，我的肚子闹腾得厉害，虽然床铺底下有罐子，但我实在不好意思把身体里的"纪念品"留在里面，于是爬出窗台，把所有的"痛苦"都抛向了深夜的黑暗中。次日清晨，我探出头去看昨夜的战果，只见下面两米处放着一块镀锡板，上面还晒着桃干，而另加上去的，又是一番令人印象深刻的"风景"！我们只好慌忙逃走了。

我们起初觉得那场车祸微不足道，但很快意识到，我们低估了摩托车的毁坏程度。每次到了上坡路段，摩托车都有些异常。在前往马雷科的爬坡路上有一座铁路桥，被智利人誉为"美洲第一高桥"。摩托车在那儿熄火了，我们耗了整整一天，等待一个好心人（化身成卡车的样子）把我们带到坡顶。我们最终还是如愿以偿，一辆卡车把我们带到一个叫库里普利的镇上过夜。由于担心灾难即将来临，我们第二天早早地离开了那里。一个陡坡之后还是一个陡坡，"大力神II"在第一个陡峭的小山坡上彻底歇菜了。一辆卡车把我们拉到了洛斯安赫莱斯，在将摩托车留在消防站后，我们睡在了一个智利陆军中尉家里，他为曾在阿根廷受到过热情接待而一直心存感激，所以对我们好得不能再好了。这是我们当"摩托车流浪汉"的最后日子，下一段旅途似乎难上加难，因为我们现在成了"没有车轮的流浪汉"。

消防员、工人及其他

据我所知，智利的所有消防队都是由志愿者组成的。即便如此，他们的消防服务质量依旧很高，因为对于最有能耐的人来说，在城镇地区带领消防队，是一项令人向往的荣誉。不要以为他们的工作只是嘴上说说而已，至少在智利南部，火灾发生的频率高得令人难以置信。我不清楚是什么原因造成了这个问题。到底是因为大多数建筑是木结构的，还是因为居民的文化水平较低或是教育落后，还是其他原因，再或者以上原因兼而有之？但可以肯定的是，在消防站的三天里，一共发生了两场大火灾和一场小火灾（我并没有暗指这就是平均数目，只是在陈述一个事实）。

还有一件事我忘说明了，我们在陆军中尉家度过了一夜之后，决定搬到消防站去住，因为我们被消防站门卫的三个漂亮女儿迷得神魂颠倒。她们是智利优雅女性的代表，智利女人无论美丑，个个落落大方、清新脱俗，立刻就能令人着迷。我跑题了……他们安排了一个房间，于是我们搭好行军床。一沾上床，我们就像往常一样睡得死沉，也意味着我们根本没有听到后来的警报声。值班的消防志愿者并不知道我们住在这里，所以急匆匆地开上消防车出发了。当我们得知消息的时候，已是日上三竿。后来我们强烈要求他们答应，下次再有火灾的话，一定要把我们带上。我们找到了一辆卡车，司机答应我们，如果我们帮他们搬运车上的家具，就在两天之内以低廉的价格将我们连人带车一并捎到圣地亚哥。

我们俩都非常招人喜欢，无论是消防志愿者们还是门卫的女儿们，都和我们有聊不完的话题。在洛斯安赫莱斯的日子便这么飞逝而过了。一直以来，我都会整理和记录过去发生的事情。在我的眼中，这个镇子象征着熊熊烈火。在那儿的最后一天，我们用酒表达了依依不舍的感伤，之后便蜷缩在毯子里睡觉。等待已久的警报声响彻夜空，唤醒了当班的消防志愿者，也惊醒了在床上睡觉的阿尔维托，接着他从床上一跃而起。大家不一会儿都各就各位，神情严肃地坐上"智利-西班牙"[1]消防车，火速前去救援。警报的长鸣声

---

[1] 几乎所有的智利消防队都有姐妹城市或国家，本例中的"西班牙"即由此而来。

并没有让人感到慌乱，大家早都习以为常了。

高压水柱每次冲到燃烧的房梁上，那土木结构的房子就会颤抖一下。燃烧的木头散发着刺鼻浓烟，消防员却不以为意，在谈笑间，他们一次次喷出水柱或用其他方法来保护附近的房屋。整幢房子有一小块地方没有着火，从那里传出了猫的哀号。大火惊到了这只猫，它便在那儿喵喵地叫唤，却不敢穿过狭小空间逃出来。阿尔维托注意到了险情，他迅速地打量了一下，敏捷地越过20多厘米高的火焰，拯救了这个处在水深火热之中的小生命，并把它送到了主人手中。因为这个无与伦比的英雄壮举，阿尔维托得到了热情的赞美和褒扬，在借来的巨大头盔底下，他的眼睛里闪烁着喜悦之情。

天下没有不散的筵席，到了离开洛斯安赫莱斯的时候了。"小切"和"大切"（阿尔维托和我）郑重地与朋友们握手作别。结实的卡车背上"大力神Ⅱ"的尸骸，开始了前往圣地亚哥的旅途。

我们在星期天到达了圣地亚哥，做的第一件事就是直奔奥斯丁修车行。我们带着一封介绍信去找修车行老板，却不幸地发现车行歇业了。最终我们找到一个门房，让他回收了摩托车，今后我们只能通过自己的双手来赚取旅费了。

我们做的搬运工作，有几个不同的阶段：第一阶段特别有趣，趁着房东不在家，我们各自以最快的速度吃下了2000克葡萄；第二阶段是房东回来之后，干的当然是最繁重的活；第三阶段，阿尔维托发现卡车司机的同事极度自信，尤其是对于他的体能，于是我们打赌，看他能否搬得比我俩加上房东（他就在那儿装傻、偷懒）一起搬的还要多，结果这个可怜的家伙竟然赢了。

我们费了九牛二虎之力才找到领事，最后他板着脸出现在了办公室（也难怪，那天是星期天），后来他允许我们在露台上睡觉。在尖酸刻薄地教导我们应该履行公民应尽的义务之后，他却慷慨地准备给我们200比索，我们义正词严地拒绝了。如果他在三个月之后给我们，那结果就会很不一样了。现在说什么都晚了！

圣地亚哥多少给人一种与科尔多瓦相似的感觉。虽然这里的生活节奏很快，街道上车水马龙，可是它的建筑、街道的布局、天气，甚至人们的脸庞，都让我们想起了我们自己的那座地中海小城。我们只能在这儿停留些许时日，没有机会更深入地了解这座城市了。再次启程之前，我们还要赶时间解决很多事儿。

秘鲁领事拒绝给我们发签证，理由是没有拿到阿根廷领事函。阿根廷领事也拒绝发函，说是因为觉得我们无法骑车到达秘鲁。我们只好向大使馆求助（这个小天使还不知道我们的摩托车已经报废了），他大发慈悲给了我们前往秘鲁的签证，但需要我们付400比索的费用，这对我们来说可是一大笔钱啊。那会儿恰逢科尔多瓦的苏基亚水球队造访圣地亚哥。我们的许多朋友也在其中，所以在他们参加比赛的时候，出于礼节，我们去拜访了他们，他们则请我俩吃了一顿智利菜，席间说了诸如"吃点儿火腿吧，再来点儿奶酪吧，多少喝点儿酒啊"之类的话。吃完大餐之后你想站起来（如果你真能这么站起来的话），就得做一下扩胸运动了。第二天，我们爬上了坐落在城市中心的圣卢西亚，它是一座具有独特历史的石山。我们安静地给这座城市拍照，就在这时，我们看到主办方的几位美女领着苏基亚队成员来到了这里。他们这几个可怜的家伙很是尴尬，不知道是应该把我们引荐给这几位"智利上流社会的名媛们"，还是形如陌路，装作不认识我们（我们穿得并不得体），可后来他们还是介绍了我们俩。他们在关键场合处事得体，尽管在那一刻，我们彼此好像来自不同的世界，但他们还是友好以待。

离别的日子最后还是到了，两行泪水艰难地滑过阿尔维托的脸颊。我们和"大力神Ⅱ"永别了，它留在了修车行，我们开始了瓦尔帕莱索之旅。沿着风景秀丽的山路前行，人类的文明更加凸显了大自然的鬼斧神工，而我们这对重量级的"蹭车者"则坐在卡车上前行。

蒙娜丽莎的微笑

我们开启了新的冒险之旅。我们过去常常用自己的奇装异服和"大力神Ⅱ"的朴素外表来吸引闲逛者的注意,"大力神Ⅱ"那吭哧的喘气声足以博得主人的同情。在某种程度上我们已经成为公路骑士,也就是流传已久的"流浪贵族",拥有完美无瑕、令人敬畏的头衔。而如今风头不再,总的来说,我们现在只是两个背着行囊、风尘仆仆的搭车人,与之前的贵族身份差可比拟的只有我们的影子。

到了城市的北郊城外,卡车司机把我们放了下来。我们拖着行囊,迈着疲惫的步子走在街上,旁观者投来好奇或冷漠的目光。远处海港中的船,散发着迷人的幽光。大海——一片黑暗却又令人心动——向我们大声咆哮,海腥味钻进了我们的鼻孔。我们在路上买了面包，然后一路下坡。那时候，我们感觉面包实在太贵了，不过再往北走，就会发现面包便宜不少。阿尔维托显然疲惫不堪，尽管我没有表现出来，但我也确实累得够呛。所以当我们发现了一个卡车停车场时，立马苦着脸死缠司机，绘声绘色地诉说我们从圣地亚哥一路走来所遭的罪。听过之后，他同意让我们睡在木板上。陪伴我们的是一些学名以hominis①结尾的寄生虫，但我们至少有了一个能遮风挡雨的落脚处。

我们本打算马上就睡觉。然而，我们到来的消息传到了一个阿根廷老乡的耳中，他恰巧在停车场边上的一家廉价旅馆里，于是想见见我们。在智利遇到老乡，自然分外亲热，大家都没有拒绝上天给的这个恩赐。这位老乡深受这个姊妹国家思想的影响，最后喝得酩酊大醉。我们好久没有吃到鱼了，酒也是那么醇香可口，主人又如此贴心周到……总而言之，我们吃得相当愉快。这位老乡还邀请我们第二天去他家里做客。

蒙娜丽莎酒吧一早就开门了，我们一边煮着马黛茶，一边和老板闲聊，他对我们的旅行很感兴趣。之后，我们开始探索这座城市。瓦尔帕莱索建在海边，风景优美，俯瞰着偌大的海湾。它一直

① hominis：拉丁语，人类。

伸展到了山坡上，山坡又与大海相接，最终消失在大海中。喧嚣的博物馆有着奇特的波纹铁皮，建筑内部由盘旋的楼梯和钢索连接，而灰蓝色的海湾映衬着五颜六色的房子，更突出了这座建筑物的美感。我们仿佛在细心地解剖这座城市，窥到了脏乱不堪的阶梯和不见天日的隐秘角落，还与成群的乞讨者聊天。走到城市深处，一片乌烟瘴气，鼻孔里好似吸进了贫穷的气息，鼻子似乎正在被肆意虐待。

我们去码头参观轮船，想在那儿打听是否有去复活节岛的船，到头来让人大失所望，竟然六个月以后才有船去那个地方。接着又搜集了一些小道消息，打听到去往岛上的航班每个月会有一次。

复活节岛啊！一想到要去，我们就忍不住浮想联翩："岛上的女人肯定以交个白人'男友'为荣。""还需要工作？哈哈！女人把所有活都包揽了——你只需要吃饭、睡觉，让她们开心就足够了。"这个神奇的地方，气候宜人、女人娇艳、食物鲜美、工作轻松（我们好像在乌有乡一般）。就是在那儿待上一整年又算得了什么？谁还会关心学习、工作、家庭呢？商店橱窗里的一只大龙虾好像在向我们抛媚眼，它躺在生菜床上，仿佛在用它庞大的身体告诉我们："我来自复活节岛哦，那里气候宜人，美女娇艳……"

我们在蒙娜丽莎酒吧门口耐心地等待那位老乡出现，却连他的影子都没见着，酒吧老板让我们到屋里去坐，避避外面的太阳。他还提供了一道招牌菜——煎鱼加清汤——来招待我们。在瓦尔帕莱索接下来的日子里，我们再也没有听到过这位阿根廷老乡的消息，却和酒吧老板成了好朋友。他是个奇怪的家伙，为人懒散却对底层人慷慨大方，对一般的客人漫天要价，卖的菜却平平无奇。他对我们特别热情，我们在他那儿整日白吃白喝。他常把这句话挂在嘴边："今天你请我，明天我请你。"这句话虽然没什么新意，却非常实用。

我们试着同来自佩特罗韦的医生们联络，可他们在工作之后很难挤出时间，也就从来没答应与我们正式见面。最起码我们大概知道他们在哪儿上班。下午我们分头行动：阿尔维托去找医生，我则去探望蒙娜丽莎酒吧的顾客——一位得了哮喘病的老太太。那个可怜的老太太的处境着实让人同情，汗的酸臭味夹杂着脚臭，弥漫在整个房间。还有几把布满灰尘的扶手椅，这可能是她的整座房子里最奢侈的东西了吧。她除了有哮喘病，心脏还有问题。在这种情况下，医生会感觉回天乏力，于是便会渴望一个变革：去推翻这个不公正的社会制度。就在一个月以前，可怜的老太太仍在为生活奔波，靠当服务员过活。虽然她喘得相当厉害，可起码过得还算体面。而在目前这种状况下，生活在贫困家庭的人早已找不到出路，还会被周围人的刻薄言语中伤；他们不再是谁的父亲、母亲、姐妹或者兄弟，而是变成了为了生活而挣扎的纯粹消极分子。他们成了社会上健康人的痛苦来源，遭人厌恶，因为赡养病人像是对这些人的侮辱。正是在那里，在那最后的时刻，他们最远也只能看到第二天的曙光，这让我们领会到一个深刻的悲剧：全世界无产者的一生都被囚禁着。这些将死者的眼眸中，带有一种祈求原谅的卑顺，以及对那份迷失在虚无中的慰藉的极度渴望。同样，他们的身体也会消失在无穷无尽的谜团之中。这种建立在荒谬的等级制度上的秩序，我不知道还会持续多久，但对于统治者来说，是时候少花点儿时间宣扬自己的政绩，多花些钱来发展对社会有用的事业了。

对于这位生病的老太太，我能做的很少。我只能建议她改善伙食，并给她开了利尿剂和一些哮喘药。我还把自己剩下的一些茶苯海明片给了她。带着老太太的感激涕零以及她家人的冷漠目光，我离开了那儿。

阿尔维托找到了医生，并说好我们于次日9点准时到达医院。在蒙娜丽莎酒吧这个脏乱差的屋子里（它可以充当厨房、饭馆、洗衣间、餐厅，也是猫狗撒尿的地方），各色各样的人聚集在一起：自有一套处世哲学的老板；乐于助人却耳背的老太太卡罗利娜，她把我们的马黛茶壶擦得崭新；总是醉醺醺且反应迟钝的马普切人①，他看起来像极了罪犯；两三个常客；最后就是话题女王罗茜塔女士，她看起来相当疯癫。我们的聊天聚焦在一个可怕的事件上，罗茜塔恰巧目睹了事件的发生。当时只有她一个人在场，她亲眼看到一个拿着大刀的男人捅了她可怜的邻居。

"当时你的邻居有喊叫吗，罗茜塔？"

"她当然大喊大叫了，谁会不喊叫啊！那个男人活活剥了她的皮！这还没完！他后来又把她拖到了海边，让海水把她给卷走了。天哪，先生，那女人的喊叫声真是把我吓得魂飞魄散，你真应该看到这一幕！"

"罗茜塔，你怎么不报警呢？"

"我为什么要报警？你难道不记得你表弟曾经挨过揍吗？就算我去报了警，他们也会说我是个疯子，而且会吓唬我。如果我继续惹是生非的话，他们就会把我关起来。我现在才不会多说一句话呢！"

接着话题又转向了被称作"上帝信使"的当地人，据说他能凭借上帝赐予他的力量治好聋哑、瘫痪等疾病，然后他就把装钱的盘子在周围传递开了。这样的生意看起来不比别的差，虽然他的小册

---

① 马普切人是智利土著族群。

子宣传得很夸张，可人们就是容易上当受骗。然而事实也是如此，后来大家又继续嘲笑罗茜塔对自己亲眼看到的事情坚信不疑。

医生们的招待并没有过于热情，但我们也达到了此行的目的：他们答应帮我们写一封引荐信给瓦尔帕莱索的市长莫利纳斯·卢科。我们礼貌地向他们道了别，之后便前往市政大厅。我们手足无措和疲惫不堪的表情并没有打动前台接待人员，但后来他还是收到了命令让我们进去。

秘书给我们看了市长的回信，解释说我们的计划是不可行的，因为唯一去往复活节岛的船已经离开了，今年再没有其他的船了。秘书带我们进入了莫利纳斯·卢科先生的豪华办公室，他友好地接见了我们。然而，他给我们的感觉就好像在演一出戏，说话字正腔圆。只有当他谈到自己是如何从英国人手中夺回复活节岛，证明此岛属于智利时，才显得异常兴奋。他建议我们要紧随事态发展，并许诺明年带我们过去。他说道："我可能明年就离职了，但我依旧是复活节岛之友协会会长。"他好像默认了自己在即将到来的竞选中会败给冈萨雷斯·魏地拉。离开的时候，前台让我们把狗带走，让我们惊讶的是，他真的领了一只小狗出来。这只小狗不仅在大厅的地毯上撒尿，还啃了椅子腿儿。小狗之所以跟我们来到那里，也许是因为我们流浪汉的形象吸引了它，门卫觉得小狗是我们奇装异服的附属品。总之，在说明了这只小狗和我们并无瓜葛之后，门卫给了它一脚。它被扔出来的时候仍在嚎叫。可不管怎么说，每每想到一些生灵需要我们保护时，心中总能感到些许宽慰。

为了绕过智利北部的沙漠，我们决定乘船旅行。我们问遍了轮船公司，看看能不能免费捎我们一段，随便去北部的哪个港口都行。其中一家公司的船长答应了我们的请求，前提是要获得海事局的许可，在船上打工，以换取船费。海事局没有答应，我们又回到了起点。在那个瞬间，阿尔维托做出了一个大胆冒险的决定，大概是这样的：我们偷偷溜上船，再藏到船舱。夜黑风高时便是我们的最佳时机，我们打算先说服执勤的水手，然后再见机行事。我们打包好东西，但对这次的特殊计划来说，行李显然是有些多了。我俩带着惜别之情告别了朋友，之后穿过港口大门，抱着破釜沉舟的信念，开始了冒险的航海之旅。

偷渡客

我们毫不费力地通过了海关，向着目标勇往直前。被我们选中的船叫"圣安东尼奥号"，它停泊在非常热闹的港口中央。由于这艘船体积比较小，因此不需要和岸边的吊桥相连接，它和码头之间的间隔只有几米而已。我们别无选择，只能等船靠岸让旅客先上船，之后再想办法。我们坐在行李上，等待着上船的最佳时机。午夜交接班的时候，船靠了岸，但出现了一个讨人厌的港务长，一看面相就知道他是个坏脾气的人。他笔直地站在踏板上，核查船工们的进出。在等船期间，我们和吊车司机成了朋友，他建议我们等个好时机，因为港务长是个总找碴儿的浑蛋。我们在漫长的等待中度过了一夜。我们躲进吊车里暖身子，那是一个靠蒸汽运行的老旧吊车。太阳已经升起，可我们还带着行李在码头上等船。当船长出现在修复如新的甲板上时，我们便知道偷偷上船的希望完全破灭了，现在"圣安东尼奥号"与陆地紧紧地连在了一起。多亏吊车司机出的一个好点子，就像在自己的家里出入一样，我们得以轻易地溜上船。上船后，我们便把自己同行李锁在了主管区的厕所里。从那时起，只要有人想进来，我们便带着鼻音轻声说"不好意思，不能进来"，或者"里面有人"，这期间有五六个人想上厕所。

很快到了中午12点，船起航了。但是，我们的兴高采烈很快就消失了，因为在厕所关了一段时间之后，里面越来越热，味道令人作呕。到了下午1点，阿尔维托把胃里的所有东西都吐了出来。到了5点，我们已经饥肠辘辘了，想想海岸线早已消失在视线之外，于是决定在船长面前坦白自己的偷渡客身份。在这样一个特殊场合与船长又一次会面，让船长感到很惊讶。但为了在其他人面前掩饰住自己的惊讶，他向我们眨了一下眼睛，然后便厉声问道："你们真的以为只要随便找一艘船躲进去就可以去旅行了吗？你们难道没有想过这么做的后果吗？"

事实上，我们真的什么都没有想过。

船长叫来服务生，差遣他给我们安排工作和吃的。我们狼吞虎咽地吃完了各自的那份，可当我听到要我打扫那个臭气熏天的厕所时，饭差点儿没从我的嗓子眼儿里冒出来。我 边走下船舱，一边咬牙切齿地咒骂，而跟在后面的阿尔维托则戏谑地瞥了我一眼，因为他被派去削土豆了。我承认，我当时想忘掉自己所立下的歃血之盟，强烈要求和他交换工作。真的好不公平啊！他把那儿吐得一塌糊涂，弄得厕所更恶心了，却还要让我来善后！

我们认真负责地干完活之后，船长再次把我们召集过去。他告知我们，只要我们绝口不提之前和他见过的事情，他就能确保我们安然无恙地到达此船航行的目的地——安托法加斯塔。他安排我们在一位休假主管的船舱里睡觉，晚上还邀请我们玩桥牌。我们睡过一觉之后容光焕发，真是验证了那句"新官上任三把火"，我们开始勤奋工作，下定决心要连本带利把船票钱给挣出来。可到了中午，我们就感觉自己工作得太过卖力，再到下午，我们就更加坚信自己是流浪汉中头脑最为单纯的两个人。我们原本打算晚上好好睡上一觉，为第二天的工作做准备，自己的脏衣服就先别管了。可晚上船长又叫我们玩牌，之前美好的愿望算是落空了。

第二天，服务生对我们的态度极为恶劣，他花了一个小时左右的时间才唤醒我们开始干活。我的工作是用煤油清理甲板，这个工作一做便是一整天，就这样都还没做完。阿尔维托的工作本来是拉绳，他却跑到厨房大吃特吃，不管什么食物，都使劲儿地往自己胃里塞。

晚上，我们玩完桥牌已经精疲力竭，向一望无际的大海看去，那儿月光点点，夹杂着绿色的倒影。我们两个靠在栏杆上，思绪都飘得很远，好像各自乘着飞机冲破云霄直达自己的美梦。这时我们明白了，在海洋与大地上勇往直前，就是我们真正的天职。我们应该永远带着好奇心，洞察眼前发生的一切，探寻世界的每一个角落。但也不会在某处扎根生长，驻留在某处去研究事物的本质，而是不求甚解，观其大略。在大海的感召下，我们的谈话里充满了感性色彩。远处东北方向，安托法加斯塔的光芒开始闪烁。这意味着我们的偷渡之旅结束了，至少可以说这次的冒险旅程结束了，因为这艘船还会回到瓦尔帕莱索。

一次灾难

我现在能够看清楚这个醉酒船长了，他和船员们还有大胡子船主一样喝得醉醺醺的。他们在劣酒的刺激下举止粗鲁。当他们聊到我们两人的奇幻之旅时，更是放声大笑："嘿，伙计们听着，他们简直就是老虎，我敢确定他们现在就在你的船上，一旦出海你就能发现他们。"我猜船长一定在他的朋友或者同事面前说漏嘴了。

我们当然对这些一无所知。船起航前的一个小时，我们舒舒服服地藏在成吨的甜瓜中间，还一个劲儿地往肚子里塞甜瓜。我们谈论着这些水手，他们简直太棒了。我们与其中一人串通好，才得以上船，藏在一个如此安全的地方。就在这时，我们听到了一个愤怒的声音，不知道从哪儿冒出来一个蓄着大胡子的家伙，吓得我们惊慌失措。海面上漂浮着一排削得整整齐齐的甜瓜皮，就好像一支印第安小纵队平静地站在海面上，其他的甜瓜也让人不忍直视。那位水手事后告诉我们："伙计，我已经给你们打掩护了，可他一看到这些甜瓜皮，一下就有了'宁可错杀一千，也不放过一人'的气势。好吧（看得出来他相当尴尬），你们实在是不应该吃那么多甜瓜！"

"圣安东尼奥号"上一位同行的伙伴有句至理名言，他说："别到处鬼混！你们为什么不滚回你们的国家去！"我们多少照做了，打包好行李，动身前往著名的丘基卡马塔铜矿。

但我们并没有立马出发。我们需要再停留一天，等待铜矿管理局的参观许可。此外，热情的水手们还为我们举办了一场不错的欢送会。

在通往丘基卡马塔铜矿的干燥路面上，两根路灯柱子投下一小片阴影，我们就各自躺在阴影里。一整天的大部分时间，我们都是彼此隔空对喊，时不时地从一根电线杆转移到另一根电线杆，直到地平线上出现了一辆轰轰隆隆的小卡车。卡车司机让我们搭了车，我们到了一个名叫巴克达诺的镇子。

我们在镇子上和一对夫妻交了朋友，他们是智利工人，而且还是共产党人^①。就着屋中蜡烛的微弱光亮，我们喝了马黛茶并且吃了一片奶酪面包。那个男人瘦小而干瘪的身躯带着一种神秘与悲情的气息。他说话简短却又令人印象深刻。他告诉我们他曾吃了三个月的牢狱之苦。他还告诉我们，他的妻子一直在他身边支持他，尽管忍饥挨饿却依旧对他忠贞不渝。他的孩子在一个善良的邻居那儿寄养。在找工作这件事情上，他依旧一无所获。他的那些神秘失踪的同志们，据说葬身在大海深处。

夜晚的沙漠中异常寒冷，这对夫妻冻得瑟瑟发抖，相互依偎在一起。眼前的这个场景，就是全世界无产阶级真实的生活写照。他们连一个能够裹身的毯子都没有，所以我们把自己的一条毯子分给了他们，然后我和阿尔维托可劲儿缩在另一条毛毯里。这是我一生中最寒冷的夜晚之一，但也让我对陌生人产生了手足之情。

第二天早上8点，我们找到了一辆带我们去丘基卡马塔镇的卡车，于是我们便与这对夫妻分别了。他们准备去山上的硫矿，那里的气候十分恶劣，生活条件也十分艰苦，因此既不需要工作许可，也没有人去询问你的政治立场。在那儿唯一重要的事情就是，工人们卖力工作，用自己的健康作为代价，来换取仅能维持生存的面

---

① 在所谓《民主保护法》（1948—1958）的镇压下，当时智利共产党遭到禁止，其中多数成员也遭到迫害。

包屑。

虽然这对夫妻的身影已经渐行渐远，但我们仍记得那个男人脸上浮现出的坚毅不屈，还有他开门见山的邀请："一起吧，同志，让我们同吃同住吧。我也是个一无所有的流浪汉啊。"他从我们漫无目的的旅行中猜到了我们寄人篱下的窘迫，寥寥数语中透露着对我们境况的藐视。

让人遗憾的是，他们并不觉得人们应该像我们这样。先不说"共产主义寄生虫"的集体主义是否会威胁到体面的生活，他心底里对于共产主义的向往，不过是出于对美好事物的渴望，是为了避免长久被饥饿折磨。他把这些都转化成了对共产主义的热爱，虽然他永远都无法理解共产主义的本质，不过把它解释成"给穷人们的面包"，却是他可以理解的。更重要的是，这让他充满了希望。

那里的矿主都是些只讲求效率且傲慢自大的金发家伙，他们用生涩的西班牙语说道："这里可不是旅游小镇。我会找一个导游，带你们在铜矿周围的机器设备那儿参观上半个小时，然后就让我们忙自己的，别再来烦我们，我们还有好多事要做呢。"眼见一场罢工就要来了。这位导游就是美国佬矿主身边的忠诚狗腿子，他告诉我们："这些愚蠢的外国佬，宁愿工人每天罢工损失上千比索，也不愿意给穷苦的工人多涨上几分钱。等我们的伊瓦涅斯将军①掌权后，这些事情就不会再发生了。"一个带有诗人气质的工头告诉我们："这些都是有名的矿台，每一块铜都能被它挖出来。和你们一样，到此的每个人都会问我采矿的技术问题，但他们很少会像你们一样关心有多少人因此而死去。医生们，我不能回答这个问题，但是谢谢你们的询问。"

冷酷的效率和无力的憎恨，与这个巨大的矿区紧紧联系在一起。尽管满怀憎恨，他们还是走到了一起，一边是为了基本生存的需要，另一边则是为了投机赚钱的需要……我们想看看到底有没有这么一天，明知在矿井工作会伤害肺部，但是矿工们依旧快乐地拿起镐头去工作。他们会说那里就是如此，从矿井里挖出的煤可以发出红色的光芒，可以照亮世界。他们这样说着，但我不太相信。

---

① 卡洛斯·伊瓦涅斯·德尔·坎波：1927—1931 年、1952—1958 年两度任智利总统。他隶属于人民党，曾许诺当选后让共产党合法化。

丘基卡马塔

丘基卡马塔好比现代戏剧的一幕场景，你不能说它缺少美，只能说它的美丽中少了优雅、壮观与肃穆。当你走近矿山，风景就好像坍缩在了一起，整个矿区都让人感到压抑和窒息。行驶200千米后，有那么一刻，卡拉马小镇的一抹绿荫打破了单调乏味的灰白色，这如同沙漠中的鲜活绿洲，足以让我们兴奋不已。这沙漠多么广阔啊！在丘基附近，莫克特苏马气象台显示，这里为世界上最干旱的地方。山上的硝化土里寸草不生，所以无法抵抗狂风和暴雨的侵蚀。灰色的山脊暴露在外，在与风雨的抗争中显得有些早衰，它的褶皱显然与真实的地质年龄不符。群山环绕着著名的丘基卡马塔矿，许多山脉都蕴藏着丰富的矿产，正等着挖掘机伸出没有灵魂的机械手臂，去吞噬它们的五脏六腑，同时也不可避免地把人的生命——穷人的生命——当作调味品。大自然为了保护自己的宝藏而机关算尽，那些人所做的全部，都只是为了获得日常口粮，却悲惨地死在其中的某个陷阱之中。

丘基卡马塔实际上是一座大铜矿山，20米高的梯层从一望无际的山的侧面开凿出来，因此，火车可以轻易地将开采好的矿物运出来。矿脉构造独特，这意味着工人完全可以进行露天开采，大规模采矿成为可能，这里每吨原矿中能够开采出1%的铜。每天早上都有人进行山体爆破，巨型挖掘机把这些材料运到有轨卡车上去，这些原料再被运到磨矿机处粉碎。在经过连续三次粉碎工序之后，原矿就被粉碎成了中等大小的砂石。然后再将其放入硫酸溶液中，与硫酸盐化合后提炼出铜来，同时会生成氯化铜，氯化铜与废铁相遇时又会生成氯化亚铁。之后液体被送到所谓的"绿房子"里，硫酸铜溶液被放进一个巨大容器当中，通过持续一周的30伏特电流，便产生了电解盐的化学过程：使铜附着在薄铜板上，薄铜板是事先在别的容器中用高浓度溶液制成的。五六天之后，薄铜板就可以送去熔炼了。每升溶液会损耗8~10克的硫酸盐，但是又会增加一些原矿材料。再把铜板送到熔炉中去，经过12小时的2000摄氏度的高温熔炼之后，可以生产出350磅的铜锭。每晚都有45辆铁路卡车负责运送铜矿，每辆运载20吨，前往安托法加斯塔。这便是白天工作的成果。

这只是粗略讲述了生产过程。整个生产过程需要雇用丘基卡马塔地区3000个流动人口，而这道工序仅仅是为了提炼氧化矿。智利勘探公司正计划建一个开采硫化矿的新工厂。它是这类工厂中的世界之最，拥有两座96米高的烟囱，将会承担未来所有的生产任务，旧厂也会因为氧化矿即将耗尽而被逐步淘汰。他们已经准备将大量储存的原料投入到新的熔炉中去，等到1954年新工厂开工，就可以进行生产了。

全世界20%的铜来自智利。在这个潜在冲突不断的动荡时代，铜变得至关重要，因为它是制造各式杀伤性武器的基本材料。因此，一场有关政治和经济的殊死搏斗正在智利上演，民族主义者和左翼组织联盟主张矿产国有化，而那些主张企业自由经营的人更想让运营有方的矿业公司来管理（就算是外资掌控也可以），因为这些人觉得国营矿业就意味着效率低下。在国会上，有人严厉指责现在的公司肆意开采。围绕铜矿开采问题，民族主义者早就形成了一股浪潮。

不管这场斗争的结果如何，人们都不应该忘记矿区坟墓带来的教训。那里只埋着无数亡魂中的一小部分，而大多数无人收尸的游魂都死于塌方、尘肺病还有那地狱般的气候。

绵延数千米的干旱土地

我们的水壶丢了，徒步穿越沙漠已然困难，现在更是雪上加霜了。但我们仍然勇敢地出发了，把丘基卡马塔镇的界标甩在身后。在小镇居民的视线中，我们健步如飞。可是我们随后便看到了广阔无际的安第斯山脉，炙烤着脖子的烈日、背包里严重分配不均的重量一下就把我们拉回了现实。就这样，一位警察还称赞我们像"英雄"，我们不确定我们是否像"英雄"，但是开始觉得，用"愚蠢"这个词来形容或许更为确切。

我们又走了两个小时，撑死走了10千米吧，准备在一个指示牌下的阴凉处歇歇脚。牌子上写的什么内容我也不得而知，只是想着它可以遮挡毒辣的阳光，给我们提供一小块阴凉地。我们在那里待了一整天，指示牌的影子跑到哪儿，我们就跟到哪儿。

我们很快就耗尽了带的最后一滴水。接近傍晚时，我们实在口渴难耐，只好返回小镇的哨房。我们被彻底击垮了。

我们在哨房里过夜。尽管外面无比寒冷，房间里却有温暖的火光维持着宜人的温度。守夜人带着智利人独有的热情，把他的食物分享给我们。这点儿可怜的食物无法填饱我们饿了一整天的肚子，但总比什么都没有要强得多。

次日黎明，一辆烟草公司的卡车途经此处，司机搭载我们朝目的地出发。后来，司机要继续向前行驶到托科皮亚港，而我们想北上去伊拉韦镇，所以他就在十字路口把我们放了下来。我们了解到，离这儿8000米处有座房子，便雄赳赳气昂昂地迈着步子朝那儿走去，不过我们走到半路就累了，于是决定先小憩一下。我们把一条毯子挂在电话线杆和里程标之间，两人躺在毛毯下，身体享受着蒸汽浴，双脚则晒着日光浴。

这样躺了两三个小时之后，我们每人都流失了大约三升的水分。这时一辆福特小汽车途经此处，里面坐着三位高贵的城里人，他们都醉了，大声喧哗，卖力地唱着"库依卡"①。他们是马格达莱纳矿区的罢工人员，因为提前庆祝人民运动的胜利而畅饮到酩酊

---

① 库依卡：智利民歌。

大醉。这些醉汉把我们直接送到了当地的火车站，在那里我们遇见了一帮工人，他们为了比赛正进行着训练。阿尔维托从他的包里拿出一双跑鞋，跑进了他们的队伍中炫耀自己的球技。后来的成果很辉煌，他们给我们报名了下周日的足球比赛。作为回报，他们会提供食宿，之后还会支付给我们前往伊基克的交通费。

两天后的周日，比赛以我们的球队完胜而告终。阿尔维托准备了烤羊盛宴，他的阿根廷厨艺令众人赞不绝口。智利地区有很多提纯硝酸盐的工厂，我们用那两天的空闲时间参观了其中一些。

在这个地方挖矿，对于矿业公司来说并没有那么困难。无非是挖出含有矿藏的外层，再把它运送到大容器中，在经过相当简单的分离过程之后，就能提取出硝酸盐、硝石和泥浆。德国人第一个获得了开采权，不过他们的厂房后来被征收了，现在大部分归英国人所有。当时在产量和工人数量方面最大的两个工厂的工人都在闹罢工，那两座工厂又在我们目的地的南边，所以我们不打算去那儿参观。我们改道参观了一个相对较大的矿厂，名叫"胜利矿厂"，那儿的门口有一块铭碑，上面写着"埃克托尔·苏皮西·塞德安息之地"。他是乌拉圭的一位杰出拉力车手，在一场比赛中，他在驶出加油站时不幸被另一个赛车手撞击身亡。

我们搭了一辆又一辆车，游遍了这个地区。一辆满载苜蓿的卡车载了我们最后一程，我们躺在苜蓿堆里，暖洋洋地到达了伊基克。到达那里时，旭日从我们的后方升起，将我们两人的影子投在清晨的蓝色海面上，仿佛我们是从《一千零一夜》里跑出来的人物似的。卡车像魔法飞毯，在港口上方的悬崖边飞行，司机在下坡时将车速降到了一挡，从这个有利的地点望去，整座城市的景色尽收眼底。

伊基克连一艘船都没有，既没有阿根廷的船，也没有别的地方的船，所以我们待在港口也没什么意义，便找了一辆顺风车前往阿里卡。

智利的最后之旅

从伊基克去往阿里卡的路途十分遥远，我们在路上颠簸了一整天。我们搭车穿越干旱的高原，途经有涓涓细流的峡谷，这里的水仅能维持山谷边上一些矮小灌木的生长。荒无人烟的大草原白天极为闷热，但由于沙漠气候的关系，到了晚上又变得相当冷。这让我想到了瓦尔迪维亚①，他带着少数人马途经此处，路上没有水源补给，甚至在最炎热的时候也找不到可以庇荫的灌木丛，一天还能穿行五六十千米，让人好生震撼。当人们得知这些征服者们确实穿越了这片区域时，自然会将瓦尔迪维亚的功绩列至西班牙殖民统治时期最显著的功绩之一。毫无疑问，这要比美洲那些载入史册的功绩

---

① 瓦尔迪维亚（约1498—1554）：西班牙征服者、驻智利总督、圣地亚哥和康塞普西翁两座城市的创建者。

更加显著，因为这些更加幸运的探险者在冒险战争结束时建立了富裕的王国，将征服过程中的汗水变成了金子。

瓦尔迪维亚的壮举象征着每一个人心中那永不熄灭的渴望：圈地为王，行使绝对的权力。恺撒大帝曾说，他宁愿在阿尔卑斯山下的某个小村子里当一把手，也不愿在罗马当二把手。把这句话用在这场征服智利的史诗级战役中，不是夸夸其谈，而是言之凿凿。瓦尔迪维亚如果败在不可一世的阿劳坎人考波利坎手中时，没有像待宰的动物一样满怀愤怒，单就他以往的事迹来看，他称得上死得其所。世界上时常会出现这样一类人，他们极度渴望无上的权力，由于太过渴望而甘愿遭受一切苦难。瓦尔迪维亚就属于这类人，当然，他成了一个善战国家中无所不能的统治者。

阿里卡是一个让人感到甜蜜的小港，这里还没有遗失它的前主人——秘鲁人——的印迹。它地处秘鲁和智利的交界。这两个国家尽管毗邻并且有着共同的祖先，却大不相同。海角是这个城市的骄傲，壮观的陡峭岩壁拔地而起，高100多米。棕榈树、炎热的气候，还有市场上出售的亚热带水果，都使阿里卡拥有了一种加勒比城镇的特质，这完全不同于南方城镇。

有个医生允许我们睡在镇子上的医院里，却对我们丝毫不尊重，他和那些有地位的富裕中产阶级一样，在对待我们这对流浪汉时透露着优越感（即使我们这两个流浪汉有些名头）。第二天一大早，我们便离开了这个不好客的地方，直奔秘鲁边境。但首先，我们还要在这儿游最后一次泳（用肥皂和身上一切的东西），来告别太平洋，这当然也有助于唤醒阿尔维托身上隐秘的渴望：吃一顿海鲜。我们在悬崖边的沙滩上耐着性子寻找蛤蜊和其他海鲜，之后吃了一些咸咸的、黏糊糊的东西，可这依旧没有把我们从饥饿中解救出来，也没能满足阿尔维托的欲望。事实上，这点儿东西甚至不能让罪犯开心。黏糊糊的东西本就让人反胃，还没有东西调味，就更糟糕了。

在警察局吃了一顿之后，我们照平常的时间出发了，沿着海岸线往国界走。不过，路上有一辆厢式卡车捎上了我们，把我们舒舒服服地带到了边防哨所。在那里，我们遇到了一位曾在阿根廷边境工作过的海关人员，可以看出，他十分赞赏我们对马黛茶的渴望，还给了我们一些热水和小饼干。最令人欣喜的是，他帮我们找了一辆去往塔克纳的顺风车。在边境上，一位警长热情地欢迎了我们，接着用自命不凡的愚蠢口吻就秘鲁境内的阿根廷人谈论了几句，然后就和我们握手言别。随后，我们便告别了热情友好的智利。

遥想智利之行

当我凭借热情和新鲜感写下这些游记时，笔下的内容可能有些华而不实，还可能有些背离科学探索的精神。但是在写下这些游记的一年多之后，如今再写下我对智利的看法，或许有些不合适，我还是更愿意回顾当时写下的文字。

先从我们的专业领域医学开始聊吧。智利的卫生保健情况还有很多地方需要改进（虽然后来我意识到，智利的卫生保健情况是远胜于其他国家的）。在这里，免费的公立医院极为少见，这些医院的海报上甚至会出现下列标语："如果你没有为本医院的生存做出贡献，为什么还要抱怨自己的待遇呢？"大体上来说，在智利北部地区就医是免费的，但是住院的话就需要支付费用，价格不等，从低消费到正常消费再到高得离谱的消费全都有。丘基卡马塔矿上的工人如果生病或受伤，需要去医院治疗的话，一天的医疗费用大概是5埃斯库多。可是如果不是在矿上工作的人生病或者受伤，那一天就需要花费300到500埃斯库多。医院的确没有充足的资金，因此也就缺少药品和充足的医疗设备。不仅镇上的手术室灯光昏暗，环境脏乱，就连瓦尔帕莱索这样的大地方也是如此。缺乏充足的手术器械，卫生间很脏，人们的卫生意识也很薄弱。人们不把用过的卫生纸扔到马桶里，而是随意扔到地上或专用盒子里，这就是智利人的生活习惯（后来我发现整个南美洲都是如此）。

智利的生活水平低于阿根廷。在智利南部，工资很低，失业率很高，当局只给劳动者提供很少的保护（尽管这要比南美洲大陆北部好一些）。这一切都迫使大量智利人移民至阿根廷，去寻找传说中的黄金之城。机巧的政客就是这样对安第斯山脉西部的民众进行宣传的。智利北部，在铜矿、硝石矿、金矿和硫矿工作的工人收入都挺丰厚，但生活成本也相对较高，他们一般都缺少生活必需品，山区气候也很恶劣。这让我想起，当我问及要给埋葬在当地墓地里的一万多名工人的家属多少抚恤金时，丘基卡马塔的一位经理只是意味深长地耸了耸肩。

智利的政治局势相当混乱（我是在伊瓦涅斯赢得选举前写下的这些文字）。当时共有四位总统候选人，其中卡洛斯·伊瓦涅斯·德尔坎波呼声最高。他是一位有着和庇隆类似的独裁倾向和政治雄心的退役军人，用一个元首的全部热情鼓舞着他的选民。社会主义民众党是他的中坚力量，支持这一党派的许多小党派也联合支持着他。在我看来，排在第二位的当数佩德罗·恩里克·阿方索，他是来自政府的竞选者，其政治立场不明确，他似乎想和美国政府交好，又想讨好其他党派。阿图罗·马特·拉腊因则属于右翼团体，是已故总统亚历山德里的女婿，得到了国内所有保守团体的支持。最后一位是属于人民阵线的候选人萨尔瓦多·阿连德①，他得到了共产主义者的支持，但正因为他们和共产党有联系，导致他们的投票不能作数，所以萨尔瓦多·阿连德的选票被削减了四万张，对此他只能无奈接受。

伊瓦涅斯很可能采取以下策略：奉行拉美式政治，利用民众对美国的仇恨来赢得民心；将铜矿和其他矿产国有化（美国在秘鲁拥有大量矿床，并且已经准备开采它们，这些事实并不能让我对智利实现国有化的可行性增加信心，至少在短期内不可能实现）；同时继续推进铁路国有化，并设法扩大阿根廷和智利之间的贸易规模。

① 1970 年，阿连德当选智利总统。1973 年，在美国的支持下，智利发生了一场政变，确立了奥古斯特·皮诺切特将军的独裁统治，他的统治长达 17 年之久。

作为一个国家，智利应该给所有愿意工作的人提供经济保障：那些接受过一定程度教育或者有技术知识的人，只要他们不是无产阶级。这个国家也应该有能力饲养牲畜（尤其是羊）和种植谷物，来满足民众的需求。智利也有必要利用矿产资源：铁、铜、煤、锡、金、银、锰和硝石，让自己成为一个工业强国。而智利最需要做的，是应该尽其所能来摆脱美国的控制。就目前来说，这个任务算是非常艰巨了。考虑到美国在智利有大量投资，一旦美国感到利益遭受威胁，就极容易通过经济霸权来给智利施加压力。

塔拉塔，一个新世界

国民卫队站是这座城市的界标，我们刚离开那儿没几米，就已然觉得背包比平时重了百倍。我们被烈日炙烤着，但还像往常白天的这个时候一样，裹了很多衣服。可到了后来，我们又觉得很冷。我们飞速爬坡，不一会儿就经过了在村子里看到的金字塔形建筑，这是为了祭奠与智利交战①时牺牲的秘鲁战士而建的。我们觉得这儿是一个绝佳的歇脚地，并希望能在此碰碰运气，看看是否有途经的卡车愿意搭我们一程。沿路看到的山坡尽显荒芜，眼前几乎寸草不生。远远望向宁静的塔克纳市，那里的街道狭小而脏乱，还有一片赤土色屋顶，让人尽感沮丧。第一辆卡车经过时，我们好生激

---

① 在 1879—1883 年的硝石战争中，智利吞并了矿产资源丰富的阿塔卡马沙漠。

动，于是悬着心竖起了大拇指示意要搭车，卡车出人意料地停在了我们前面。阿尔维托上前与司机交涉，解释着我们此行的目的，希望他能载我们一程，这些话我都烂熟于心了。司机点头表示同意，并示意我们爬进后车厢和里面的一群印第安人坐在一起。

我们极其欢喜地收拾好行囊，当我们准备爬上车的时候，司机向我们喊道："去塔拉塔要5索尔，你们知道行情的，对吧？"阿尔维托生气地质问他为什么不早说，之前明明说好的是免费搭车。司机说他不理解"免费"的意思，可到塔拉塔就是要5索尔……

阿尔维托生气地说："每个司机都是那副德行。"他话里的怒气也针对着我，因为是我建议先走出镇子再搭车，而他则建议原地等车。现在是时候做出决定了，我们可以朝回走，那也就意味着我们承认了失败；或者继续朝前走，顺其自然。我们选择了后一个方案，于是便继续前行。但很快事实就证明我们的选择是多么不明智：那时太阳快要下山了，周围荒无人烟。即便如此，我们依旧觉得离村子应该不远了，说不定能找个小屋或者别的什么栖身之所。凭着这股子幻想，我们继续向前走。

天很快就变得漆黑，可我们还没有发现哪里有人烟。更糟糕的是，我们没有水做饭和煮马黛茶了。受到沙漠气候以及我们所在的海拔影响，我们感到身上越来越冷。外人无法想象我们是多么精疲力竭。我们迅速决定，在地上铺张毯子一直睡到天明。是夜无月，四周一片伸手不见五指的漆黑，我们只好摸索着摊开毯子，尽可能地把自己包裹严实。

　　五分钟之后阿尔维托告诉我，他已经冻僵了，我回应说我可怜的身子更冷。可这不是一场抗冻比赛，所以我们决定解决当下的困境，便找了一些小树枝，生了一小堆火来暖身子。在意料之中，结果非常悲惨。我们俩中间那一把小树枝燃烧的微火，不足以让四周变暖。饥饿已然让人感到烦躁，而寒冷更是雪上加霜，我们无法再躺在那儿，看着四根未燃尽的枝条，只得卷铺盖走人。起初，我们为了让身子暖起来而加快了脚步，可没过一会儿就上气不接下气了。我能感受到自己的夹克里面满是汗水，但是我的脚依旧冻得僵硬。寒风凛冽，像把刀似的在我脸上割。走了两个小时，我们都累瘫了，看了眼手表，才凌晨12点30分。乐观估计，至少要五个小时天才会亮。一番讨论之后，我们又试着裹上毯子睡觉。可过了五分钟，我们再次上路。当看到远处有车灯时还是前半夜，这并不能让人感到激动，因为能搭到车的概率太小了，但最起码前方的路被照亮了。正如料想的那般，在疯狂的喊叫声中，卡车从我们身旁无动于衷地驶过了。车灯照亮了那荒无人烟的不毛之地，既没有一棵树木，也没有一座房屋。前方的路已然明了，好像每一分钟都更加漫长，直到让人感觉最后挨过的几分钟像几个小时一样漫长。有那么两三次，远处的狗吠声让我重拾希望，但是漆黑夜色盖住了一切，而狗也安静了下来，或是往其他地方跑了。

早晨6点，路边有两个茅草屋在晨光中清晰可见。离屋子只有几米的时候，我们一下跑得飞快，闪电似的来到了屋前，仿佛卸下了背上的担子。我们好像从来都没有受到如此友好的欢迎一样，从来都没吃过他们所卖给我们的面包和奶酪，也从没喝过如此提神的马黛茶。阿尔维托展示着他的医学文凭，还说我们来自令人向往的阿根廷，庇隆和他的妻子艾薇塔也在那里生活。在那里，穷人和富人拥有的东西一样多，印第安人也不像在这个国家一样遭受残忍的剥削和歧视。于是在这些淳朴的人们眼中，我们就像是神仙下凡。之后我们回答了无数个关于祖国和那儿的生活方式的问题。虽然头天夜里的寒冷侵入骨髓，但我们现在却用诗情画意的语言将阿根廷描绘成了昔日的魅力国度。这些朴实含蓄的"乔洛"①鼓舞了我们，我们后来在附近的一处干涸的河床上铺上了毯子，在初升太阳的抚慰下，进入了梦乡。

---

① 乔洛：指印第安人或梅斯蒂索人。

我们听从了老比斯卡查①的建议，将昨晚的折磨忘得一干二净，中午12点又一次开开心心地启程了。不过路途漫漫，我们会时不时地停下来歇息一下。下午5点我们停下休息，当看到一辆卡车从远方驶来时，心里再也没起什么波澜。同往常一样，卡车载着要被贩卖的人，这是当地利润最丰厚的生意。不过令我们惊讶的是，卡车居然停了下来，接着我们看到塔克纳的国民卫队向我们开心地招手，邀请我们上车。无须他们再三邀请，我们自然应下。后车厢的艾玛拉印第安人好奇地打量我们，却不敢多问。阿尔维托尝试与其中的几个人交谈，但是他们的西班牙语说得不怎么利索。卡车继续往上爬，经过了一片了无生机的荒凉之地，仅有几片挣扎生长的荆棘丛略表生命之顽强。正轰隆作响的卡车，好像突然叹了一口如释重负的气，这时我们登上了高原，进入埃斯塔克镇。眼前的一切都令人难以置信，我们顷刻间便被周围的景色所吸引，希望知道眼前的事物叫什么，希望有人给我们讲解它们的由来。艾玛拉人多少听懂了我们的意思，但他们用蹩脚的西班牙语实在说不出个所以然，却让我们对周围的景色更加着迷了。我们身处一个传奇般的峡谷，这里的演化发展停留在了几百年前，而我们这些生活在20世纪

---

①　比斯卡查：阿根廷诗人何塞·埃尔南德斯的关于加乌乔人生活的史诗《马丁·菲耶罗》中的人物。

快乐的凡人，有幸见证了这里的一切。印加人为了子民大修水利，水渠从山上通到峡谷，形成了上千条小瀑布，水流盘旋而下，来回穿梭在路上。云层挡住了前方的山尖，可还是能从云层的缝隙里，清晰地看到雪花落在最高峰上，渐渐染白了山峰。梯田上，印第安人精心耕种了各式各样的农作物：酢浆草、昆诺阿藜、卡尼瓦藜、秘鲁红椒和玉米，为我们打开了植物学的新世界大门。我们还看到人们的穿戴和我们同车的印第安人一样，身上的服饰也与他们所处的自然环境融为一体。他们身穿暗色的羊毛短披风、紧身及膝短裤以及用绳子或废轮胎制成的凉鞋。眼前的一切景象都引人入胜。我们沿峡谷下行，前往塔拉塔。在艾玛拉语中，"塔拉塔"的意思是顶点或者交汇之地。这个名字起得恰到好处，因为塔拉塔正好处在群山组成的巨大"V"字形里。塔拉塔是一个古老而又平和的村庄，遵循着上百年的生活习俗。殖民者在这里所建的教堂是考古学者眼中的瑰宝，不仅仅是因为它年代久远，还因为它代表着外来欧洲艺术与当地印第安人信仰的融合。镇上的街道由当地的石料铺就，高低不平，背着孩子的印第安妇女在上面走着……总而言之，在这一幕幕具备代表性的场景中，镇子的每一个气息都唤起了西班牙殖民时期之前的时光。然而，眼前的这些居民不再是能够不断反抗印加帝国统治、迫使其在边境永久驻军的骄傲种族了。看着我们穿过镇上街道的人们是一个战败的种族。他们已经被驯服了，眼中满是恐惧，也丝毫不在乎外面的世界。一些人给我留下如此印象：他们之所以继续生活，只是因为无法摆脱习惯而已。国民卫队把我们送到警察局，我们可以住在那里，一些人还邀请我们吃饭。我们在村子里转了转，然后又休息了一会儿，因为凌晨3点我们要坐客车前往普诺。多亏国民卫队的帮忙，我们坐上了免费的车。

在帕查玛玛的土地上

　　秘鲁警察给的毯子真是雪中送炭，裹着它我们感到非常温暖，终于恢复了精力。凌晨3点，一个值班的警察摇醒了我们，说是有一辆卡车前往伊拉韦。我们依依不舍地与他们道了别。抛开糟糕的寒冷天气不说，夜色还是显得很静美的。我们得到了特别照顾，可以坐在木板上，不用和下面那些臭气熏天、满身跳蚤的人待在一起。他们身上散发着强烈的臭味，像个套索似的把我们牢牢套住。只有当汽车开始爬坡时，我们才意识到司机给的特权是多么重要：一点儿臭味都飘不过来，而且身手再矫健的跳蚤也跳不到我们身上。可是，寒风肆意地抽打我们的身体，没过几分钟我们都快被冻僵了。卡车继续爬着坡，天气越发寒冷。为了不从卡车上掉下来，我们的手只能从还能保点儿温的毯子里伸出来，即便稍微挪动一下位置，也足以让我们头朝后被甩到车尾。天蒙蒙亮的时候，化油器出现了在该海拔上常见的故障，影响了引擎的正常运行，卡车停了下来。我们已经接近了此地的最高海拔，差不多有5000米高。太阳从天边升起，我们这一路上都处在黑暗之中，现在终于出现了一丝微微的光亮。太阳带给我们的心理力量很神奇：它还没从地平线上升起，仅仅想着它能够给人带来温暖，就已经让我得到了慰藉。

在公路的一侧，生长着一些巨大的、半球形的菌类，它是这一地区生长的唯一的植物，我们用它生了堆小火，把少许的雪化成了水。在这些印第安人看来，我们喝的这种茶很奇怪，我们也认为他们的传统服饰挺有意思。果不其然，过了一会儿就有人过来用蹩脚的西班牙语问我们，为什么要把水泡进那种奇怪的容器中。卡车不能带人上路了，大家只好在雪地里步行约3000米。印第安人那布满老茧的赤脚踩在雪地上如履平地，反观我们，虽然脚上穿了羊毛袜还套着靴子，却仍然感觉脚趾快被冻僵了，这样的反差令人感到惊奇。印第安人像一队美洲骆驼似的，迈着疲惫却稳健的步子一路小跑。

大致修了一下之后，卡车又重新焕发出活力，我们很快通过了海拔最高处。那里有一座由大小不一的石头所堆成的奇怪的锥形石堆，上面还竖着一个十字架。卡车经过时，几乎每个人都吐了口唾沫，还有一两个人在胸前画十字。我俩被这一举动所吸引，于是询问这个特殊仪式的含义是什么，但他们鸦雀无声，用沉默回应我们。

下山的时候，太阳渐渐变暖，气温也变得令人舒适起来。发源于山顶的小河，随着我们的行进脚步，也变得宽阔起来。周围一座座银装素裹的山巅俯瞰着我们。卡车经过时，成群的美洲骆驼和羊驼视若无睹，唯有几只青涩的骆马惊得四处乱跑。

大家在路上会时不时地歇歇脚。有一次，一位羞怯的印第安人带着他的儿子向我们走过来，他的儿子能说一口流利的西班牙语，于是便开始向我们打听起美好的"庇隆王国"。旅途中的壮丽景色激发了我们的想象力，我们便绘声绘色地讲述起各种奇闻逸事，随心所欲地修饰这位"首领"的功绩，描述了我们祖国那田园牧歌般的生活点滴。那位老者让儿子做翻译，希望我们能送给他一份关于维护老年人权益的《阿根廷宪法》，我们欣然同意了他的请求。当我们再次上路的时候，老人从他的衣服里掏出了一个诱人的玉米棒子给我们。我俩当然按照民主原则将其一分为二，然后便津津有味地吃上了。

午后阴云密布，黑云向大家压来，我们途经了一个有趣的地方。在那里，一块块巨型石头坐落在路旁，而风把它们打磨得像一座座古老的城堡。而在城垛上，滴水兽石雕好像正威严地打量着我们，还有一群巨石怪兽守卫在上面，让生活在这里的神灵们免受外界的丝毫纷扰。抚摸着我们脸庞的淅沥小雨，变得越来越大，直到变成瓢泼大雨。司机喊了声"阿根廷医生"，示意我们坐到驾驶室，这儿简直舒服得不行。我们很快就和来自普诺的教师成了朋友，他是美洲人民革命联盟（APRA）成员，被当地政府解雇了。这个男人显然带有土著血统，此外他还是"阿普拉党"的成员，虽然这对我们来说没有任何意义。关于印第安人的风俗文化，他知之甚多。他讲述了成百上千个奇闻轶事和自己当老师时的故事，让我们开怀大笑。他继承了印第安人的血脉，因此，当专家们对当地艾玛拉人与戈雅人（他形容他们是懦弱的拉迪诺人①）无休止地争辩时，他自然选择站在艾玛拉人这边。

他还解释了印第安人朝石堆吐唾沫这一仪式的来历。原来，每当印第安人到达山顶的时候，就会放下一块石头给大地之母帕查玛玛，以此寄托自己的哀苦，慢慢便形成了我们先前看到的锥形石堆。当西班牙人要征服此地时，他们先是摧毁当地土著的信仰，废除此地的宗教仪式，可他们的努力并没有成功。西班牙的修道士们

---

① 拉迪诺人：说西班牙语的拉丁美洲人，常用来指那些生活中带有西班牙方式的印第安人。

只好接受现状，把十字架放在这些石堆上。这一切都发生在400年以前（据加西拉索·德拉维加①所述），从画十字的印第安人的数量上来看，大主教并没有取得实质的发展。现代交通工具的普及也改变了印第安人的表达方式，他们通过吐出嚼过的古柯叶而不是放置石头，让自己的苦难与帕查玛玛同归于寂。

每当他谈及印第安人祖先时，他那富于感染力的声音就变得更加响亮，诉说着昔日那具有反抗精神的艾玛拉民族是如何牵制印加军队的；可在谈到如今印第安人的现状时，他的情绪又变得失落起来。印第安人被现代文明与自己的同胞梅斯蒂索混血儿虐待，那些梅斯蒂索混血儿是他的死敌，他们因为夹在印第安人和西班牙人中间而受气，于是便将怒火撒在了艾玛拉人身上。他还说到这里需要建所学校，学校教育可以帮助人们了解他们所在的世界，使他们能够在其中扮演有用的角色。他认为现在的教育体制必须彻底变革，否则在目前的情况下，印第安人无法获得教育机会（而是根据白人的标准来进行"教育"），导致他们充满自卑与怨恨。在这样的教育下，他们既无法帮助印第安同胞，也无法在充满敌意的白人社会中站住脚。就算是受过教育的印第安人，他们也只能在政府部门里

---

① 加西拉索·德拉维加：印加的加尔西拉索，一位印加公主和西班牙征服者的儿子。他是撰写西班牙征服史的编年史学家之一。

做一辈子的小职员。他们都盼望着孩子有一天能实现自己的愿望，希望孩子身上那征服者的血脉能产生奇迹。我们看着他攥紧且颤抖的拳头，分明感受到此前的不幸给他带来的折磨。他不就是这种"教育"下的典型代表吗？这种"教育"毁掉了这些接受过这种教育的人，因为他们会向"一滴血"的神奇力量妥协，哪怕这滴血来自某个可怜的被卖给酋长①的梅斯蒂索妇女，或是来自某个被醉酒的西班牙主人所糟蹋过的印第安女仆。

旅程就要接近尾声，这位老师也陷入了沉默之中。拐弯后，我们经过了一座跨河大桥，早上看到的那条小溪就注入了这条河中。大家终于到达了伊拉韦。

---

① 首长：当地政治上的统治者。

太阳湖

圣湖只露出了它壮丽美景的一隅。狭长的陆地环绕着普诺海湾，挡住了大家的视线。芦苇舟穿梭在平静的湖面上，还有一些渔船从湖的入口划出来。刺骨的寒风，那令人感到压抑的灰色天空，似乎都应和着我们的思绪。虽然我们径直去了普诺，没有在伊拉韦做丝毫停留，还在当地军营找了个歇脚处并美餐了一顿，可我们的运气似乎也都用光了。一位指挥官很有礼貌地指了指门口，解释说这里是边防哨卡，严禁外国人在这里过夜。

我们舍不得还未一览圣湖美景就离开这里，所以去了码头，看看是否有人愿意划船带我们去湖中玩玩儿。码头上全是不懂西班牙语的艾玛拉渔民，我们只好请了一名翻译。我们只花了5索尔，便找到了一个愿意带我们和那位如影随形的向导上船的人。我们本打算在湖里游泳，但用指尖试了试湖水温度后，便打消了念头。（阿尔维托已经脱了衣服和靴子，准备一展身手，结果又无奈地穿了回去。）

在远处灰色的广阔湖面上，小岛星星点点地漂浮着。翻译说起了在当地生活的渔民，他们中有些人几乎一辈子都没见过白人。他们的生活就和古时候一样，吃着同以前一样的食物，捕鱼方法也和500年前一样，始终保留着古老的仪式和传统。

我们回到港口，发现身上的马黛茶所剩无几，便试着在往返于普诺和玻利维亚之间的一艘船上找一找。但玻利维亚北部的人们不怎么喝马黛茶，事实上，他们压根儿听都没听过，我们只得空手而归了。我们还顺道参观了一艘由英国设计并在此建造的船只，它的奢华与这里的贫穷对照起来，形成了巨大的反差。

我们在国民卫队站那里解决了住宿问题，一位友好的中尉邀请我们住在医务室里，虽然我俩只能躺在一张床上，但最起码是舒服和暖和的。第二天，我们参观完一处有趣的大教堂后，便搭了一辆卡车前往库斯科。普诺的医生帮我们给他的朋友埃尔莫萨医生写了一封介绍信，他曾是麻风病专家，现居住在库斯科。

前往世界的肚脐

第一段路程不算太远，卡车司机把我们放在了胡利亚卡，我们只能另寻车辆载我们继续北上。我们听从了普诺国民卫队的建议，去了警察局，那儿有个喝得醉醺醺的警官。他对我们有好感，便邀请我们喝酒，他叫来的酒被大家一饮而尽，只有我的酒还满满当当地摆在桌子上。

"怎么回事？我的阿根廷朋友，你不喝酒吗？"

"不，不是我不喝，在阿根廷我们一般不这么喝酒。请不要介意，我们一般都是边吃边喝。"

"好吧，切伊，"他带着浓重的鼻音，努力模仿我们国家的打招呼的话，"你刚才怎么不早说呢？"他拍了拍手，叫来服务员，给我们点了一些美味的奶酪三明治，我对此相当满意。接着他沉浸到了自己经历过的各种各样的英雄事迹当中，他兴奋地吹嘘着自己的枪法多么准，他管辖下的老百姓对他多么敬畏。为了证明所说不假，他把手枪掏了出来，然后对阿尔维托说道："听着，切伊，你去叼根香烟，站在20米开外，如果我不能一枪点着你的香烟，我就给你50索尔。"阿尔维托可没有到这样爱财如命的地步，所以没打算离开自己的椅子——至少不会为了50索尔就这么干。"来吧，切伊，我给你100索尔。"阿尔维托还是不为所动。

警官把赌注涨到了200索尔，并把钱扔到了桌子上，阿尔维托的眼睛亮了一下，但是出于自我保护的本能，他依旧一动不动。于是警官脱下帽子，对着镜子看了看，把帽子朝身后扔去，然后朝帽子开了一枪。结果帽子没有丝毫破损，墙却遭了殃。酒吧老板娘勃然大怒，怒气冲冲地去警察局告状了。

不到几分钟就有警察过来了，要查明这件事儿的原委。他把那位警官拽到角落里谈话。之后他们来到我们面前，那位警官教训起了阿尔维托，并朝着他挤眉弄眼："听着，阿根廷人，你们身上还有刚才点的那种爆竹吗？"阿尔维托很快就心领神会，然后一脸无辜地说爆竹已经放完了。那个警察警告阿尔维托，公共场合禁止燃放爆竹，然后告知老板娘，并没有看到墙上有子弹的痕迹，这事儿就这么了了。警官僵硬地站在墙前面，老板娘本想让他挪动下位置，但在心里进行了一番权衡之后，决定闭口不提墙上的枪痕，但对阿尔维托却恶语相向："你们这些阿根廷人以为哪儿都是自己的家。"在她的谩骂声中，我们越逃越远，可惜了桌子上的啤酒了，还有剩下的三明治。

我们发现有辆卡车驶来，车上有几个来自利马的年轻人。他们一路上都在卖力地炫耀自己比同车的印第安人优越，而印第安人则保持沉默，忍受着嘲讽，始终没有表现出受到侵犯的样子。起初我们把目光投向另一边，不去搭理他们。可在几个小时后，穿越一望无际的平原的时候，我俩忍不住和车上其他白人搭了几句话，因为他们是车上我们唯一可以交流的对象。那些警惕性很高的印第安人根本不搭理我们，总是哼哼几下便草草结束对话。实话实说，这些利马小伙子们极为正常，他们只不过想要显示自己与印第安人的区别罢了。我们用力嚼着新朋友非要让我们尝尝的古柯叶，而这些毫无戒心的伙伴已经在一旁跳起了探戈。

深夜，我们到了一个名为阿亚维里的村庄，住旅社的钱是那儿的国民卫队长官付的。当我们委婉拒绝他的善举时，他说道："只是因为没有钱，两位阿根廷医生便要将就一夜吗？这当然不行。"我们躺在暖和的床上，但始终没有困意，因为白天嚼的古柯叶这会儿正在作祟，我们感到恶心、腹痛和头痛。

第二天，我们乘坐着同一辆卡车早早地前往锡夸尼，到达那里时已是午后，寒冷、雨水和饥饿压垮了我们。像往常一样，我们打算在国民卫队站过夜，也同之前一样，我们被照顾得很好。一条小得可怜的河流流经锡夸尼，名叫比尔卡诺塔河，河中满是泥沙，我们随后的一段路程就要沿着这条河流前行。

　　锡夸尼的市场五颜六色，摊位上摆着各色商品，小贩们不断重复着叫卖声，人群熙熙攘攘。我们正看得出神的时候，发现街边围着一群人，于是上前看了看热闹。

　　穿过拥挤的人群，我们看到一列沉默的队伍正在前行。走在前面的是十几个穿着彩色衣服的修道士，跟在后面的则是一脸严肃的显贵，他们身穿黑衣，扛着一口棺材。这标志着一场正式葬礼的结束，一群人凌乱地跟在后面。队伍停了下来，一个黑衣乡绅出现在一个阳台上，他手里拿着讲稿说道："他是一位伟大、让人尊敬的男人，在告别之际，我们有责任……"在一堆冗长的致辞之后，队伍走到下一个街道，又有一位黑衣人出现在阳台上。"有的人虽然已经逝去，但是我们永远记住了他的光辉事迹和高风亮节……"每到一个拐弯处，村民都要把这个老人放下来，然后悼念一番。我猜村民们一定很厌恶他，所以才在每个街角都滔滔不绝地说着致辞。

　　接着又是一天的旅行，同前几天一样。最后，我们到达了库斯科！

世界的肚脐

如果要用一个词来形容库斯科，那就是"引人入胜"。另一个时代那似乎无形的尘土布满了城市的大街小巷，当你去触摸的时候，它又像是溅起的泥浆。这里不止一个库斯科，或者更恰当地说，我们可以从两三个不同的角度来审视这座城市。当玛玛·奥克略①将她的金手杖毫不费力地插进大地之中时，印加祖先明白了，此地便是维拉科查②为他们选择的永居之所，从此他们结束了流浪生活，作为征服者定居在了这片土地之上。新的景象让他们激动万

---

① 玛玛·奥克略：印加帝国第一位国王曼科·卡帕克的姐妹，同时也是他的妻子。传说两人同时降生，从的的喀喀湖来到世间，象征男女是同一且平等的。

② 维拉科查：印加创世神。

分，看着自己的帝国越来越强盛，四周的群山已经不能再遮挡他们的视线，他们总是看向更远方。这些流浪者改变了信仰，开始扩张"塔万廷苏约"①，在他们征服的土地的中心、世界的肚脐——库斯科②修建要塞，并在这里修筑了帝国必需的防御工事，也就是壮观的萨克萨瓦曼堡。它从高处守护着这座城市，保卫着宫殿和庙宇，使其避免遭受敌军的炮火。现在，我们从愚蠢无知的西班牙侵略者毁灭的城堡要塞中，从被亵渎的寺庙废墟中，从被洗劫一空的宫殿中，从被惨遭虐待的印第安人身上，看到了一个满目疮痍的库斯科。就是这样的库斯科，使你愿意成为一名战士，拿起武器，去守卫印加人的自由和生命。

从城市上方俯瞰库斯科，它有着不同于那个被摧毁的要塞的另一面：它有着彩色瓦顶，而巴洛克式的圆屋顶教堂略微有些不和谐。向远方眺望，我们便可以看到狭窄的街道、身穿传统服饰的土著居民和浓郁的地方色彩。这样的库斯科又让人流连忘返，大家心情愉悦地游览各式美景，在冬日那灰色的天空下放空自己。

当然，库斯科还有它的另一个侧面。它是一座生机勃勃的城市，城市中的纪念碑见证了一群勇不可当的战士，他们以西班牙的

---

① "塔万廷苏约"（四个部分）：即印加帝国。

② 库斯科：印加帝国的中心。

名义征服了这里。在博物馆和图书馆里，在教堂前面，在那些事到如今依然将这次征服视为荣耀的白人首领的面孔中，我们发现了另一个库斯科。这样的库斯科呼唤战士穿上战甲，跨上宽阔的马背，在手无寸铁的印第安人中杀出一条血路，杀得他们溃不成军，让他们消失在金戈铁马之下。

库斯科的每一面都让人啧啧称奇，让我们愿意驻足停留。

印加的土地

　　库斯科四面环山，对于印加居民来说，这些山更像是一种危险而非保护他们的屏障。为了抵御敌人，他们在山上修建了宏伟的萨克萨瓦曼堡。对于不再继续深究的人，这样的解释已经足够了，况且，我也不能对这样的解释全然不顾。只是，还有这样一种可能，即萨克萨瓦曼堡才是这个伟大城市发源的中心。在他们刚刚停止游牧的一段时间里，印加民族算是个有雄心的小部落。他们需要抵御数量上占优势的敌人，所以需要在定居点周围做好防御工作，萨克萨瓦曼堡便是一个理想的场所。如果仅仅只是抵御外敌的话，无法解释萨克萨瓦曼堡的建筑布局。要是再考虑到整个库斯科仅在这一方向上修筑了要塞，而其他地方却没有设防，那么萨克萨瓦曼堡的存在就更加让人疑惑了。唯一能够对此做出解释的，便是萨克萨瓦曼堡具备城市与要塞的双重功能。值得一提的是，萨克萨瓦曼堡刚好可以控制住通往库斯科城的两个山谷。他们把城墙修成锯齿形状，当遭到敌人进攻时，便可以在三翼牵制住敌人，就算敌人突破了第一座城墙，也还要面对第二座、第三座相似的城墙。而防御的印加人则有时间和空间来搬救兵，有足够的精力来进行反击。

这一切和这座城市之后的荣耀，给人留下这样一种印象：守卫克丘亚的战士们，在敌人面前是不可战胜的。虽然这座防御工事表明了印加人是一个擅长数学和富于创造的民族，可至少在我看来，他们仅仅是前印加文明时期的产物，那个时候他们还没有学会享受物质生活带来的舒适。而克丘亚人则是冷静且节制的民族，他们的文化虽然没有达到一定的高度，但在建筑和艺术领域有着相当高的造诣。常胜的克丘亚战士驱赶着敌人，让他们远离库斯科。要塞渐渐无法容纳更多的族人，所以他们离开了固若金汤的堡垒，在旁边的峡谷沿河定居，那儿有充足的水资源。他们强烈地意识到自己现在所享有的光荣是如此耀眼，因而把目光投向过去，开始寻找优越的根源。无所不能的神帮助他们攻城略地，他们随后开始建造庙宇和建立祭司制度，向神表达崇敬之情。他们通过这种方式展现了自己卓越的石艺，建造出宏伟的库斯科，但最终还是被西班牙人征服。

时至今日，即便那些如野兽般暴虐的征服者想要永久保持统治地位，即便印加民族作为统治阶级的时代已成明日黄花，可印加祖先所建造的石街却没有被时间摧毁。白人军队入城后将库斯科洗劫一空，甚至还肆无忌惮地摧毁庙宇，就连覆盖在墙上的太阳神印蒂金像，他们也要贪婪地据为己有。西班牙人为了自己残忍的乐趣，将悲惨的印加民族给人幸福和生命的象征，换成了自己这个喜气洋洋的民族所背弃了的偶像。他们将印蒂神庙夷为平地后再重建，用印加人的土地和墙砖来建造新信仰的教堂：一所大教堂建在原来宏伟宫殿的遗迹之上，而圣多明戈教堂建在了原来的太阳神庙上，这是傲慢的征服者给他们留下的教训和惩罚。然而，无比愤怒的美洲之心时不时地颤抖，沿着安第斯山脉发出怒吼，让这片土地开始地动山摇。令人引以为傲的圣多明戈大教堂倒塌过三次，从穹顶处断裂，一声巨响后变成了残垣断壁。可被它压在身下的庙宇地基却岿然不动，太阳神庙的主体依旧安然无恙，灰色的石块伫立在那里，无论何种灾难降临，这儿的巨大石块也无所畏惧。

面对西班牙人如此的侮辱，印加的风雨之神——孔的复仇就显得弱了许多。庙宇中的灰色石砖已经不再祈求它们的神灵去毁灭可恶的征服者，它们现在看起来了无生气，成了游客眼中的风景。印第安人耗费太多心力来精雕细琢印加·罗卡宫殿，可在白人征服者的狂暴面前，在征服者掌握的教堂建筑工艺面前，印第安人的精心制作又有何用呢？

愤怒的印第安人希望他们的神灵来一场狂风暴雨般的复仇，但他们却只看到一座座教堂拔地而起，一点点地抹去了自己身上的自豪。墙高6米的印加·罗卡宫殿，被征服者们作为殖民者宫殿的承重地基，在这精美的石头之下又藏着多少战败者的泪水？

印加民族不仅留下了纪念往日辉煌的库斯科城建筑群，他们还创造出了史诗戏剧《奥扬泰》①。在比尔卡诺塔河与乌鲁班巴河沿岸的100多千米的地方，遗留着印加文明的昔日印迹。其中最重要的总是在山顶，即便有敌人偷袭，那里的要塞也是坚不可摧的。在崎岖不平的路上跋涉两个小时之后，我们爬上了皮萨克山顶。很久之前，西班牙战士也来过这里，他们用手中的剑战胜了皮萨克的保卫者，摧毁了这里的防御工事以及庙宇。站在散乱的石砖之中，你可以看到这里曾是一处防御性建筑，是祭司们的居住之地。印蒂瓦塔纳②曾在这里停留，并在祭祀活动中被使用。而如今，这一切都已不复存在了！

---

① 《奥扬泰》：一场记述印加将军奥扬泰的史诗戏剧，主人公因与一位印加公主相爱而被处死。
② 印蒂瓦塔纳：印加人制造的日晷。

沿着比尔卡诺塔河走去，我们经过了一些不甚重要的地方，最终到达了奥扬泰坦博。它是一座巨大的堡垒，曼科二世①就是在这儿与西班牙侵略者奋战，抗击埃尔南多·皮萨罗的部队，并建立了由四个印加家族组成的小王朝。王朝与西班牙帝国一直处于共存的状态，直到最后一位软弱的印加王，在托莱多总督的指使下被暗杀于库斯科的主广场上，王朝就此覆灭。

比尔卡诺塔河上有一座不到100米高的小山，径直插在河中，奥扬泰坦博要塞就建造在山顶和唯一一面难以防御的山坡上。连接它和旁边山脉的是几条狭窄的小径，用石头制作的防御工事可以在势均力敌的情况下轻易地牵制住敌人。要塞的下半部分完全出于防御的考量，坡度平缓，分为20层易于防守的层级，当敌人来袭时可以从各个方向反击。要塞的上半部分是士兵的住所，而山顶则是庙宇，它可能是用来存放贵金属战利品的。然而，现在所有能勾起人们记忆的东西都没有了，即便是用来修建庙宇的大石头，也被征服者移去了别的地方。

回库斯科的路上，在萨克萨瓦曼堡附近有一处典型的印加建

① 曼科二世帮助印加推翻阿塔瓦尔帕之后，被埃尔南多·皮萨罗推上王位，随后又开始反抗西班牙的入侵。1536年，他在奥扬泰坦博第一次起义，以战败收场。

筑，我们的向导认为它是一处供印加人洗浴的场所。我却并不认同他的说法，这里与库斯科相距甚远，除非它是专门为印加王室进行沐浴仪式的场所。如果我没猜错的话，古代印加王的皮肤一定比他的子孙后代的皮肤要坚韧许多，因为那里的水喝起来虽然很爽，但是冷得不行。这个遗址叫作坦博马查伊，位于印加山谷的入口，在它上边有三处四边形的深坑，大家并不清楚这些深坑有何作用。

在这片区域，最具有考古和旅游价值的地方莫过于马丘比丘，这个名字在土著语中是"古老的山"的意思。这个名字不太容易让人联想到，一个自由民族的最后一批人曾在这里生活过。一位名叫宾厄姆的美国考古学家发现了该遗址，他认为此处不仅是抵御外敌入侵的避难所，而且是占统治地位的克丘亚族最初居住的地方，并且他们还将这里作为他们的圣地。到了后来西班牙入侵时期，它还是战败军队的藏身之所。在没有深究的情况下，的确有许多迹象表明宾厄姆所言非虚。例如，奥扬泰坦博要塞最重要的防御工事都是背对着马丘比丘的，而要塞背后的山坡坡度不足以有效防御，这表明他们的后方应该可以从那个方向受到掩护。另一个证明是，哪怕到了抵抗失败之后，他们仍然对外界隐瞒了这个地方。最后一个印加人被抓的地方离马丘比丘很远。宾厄姆发现，马丘比丘的遗骸几乎全是女性。他认为这些女性都是太阳神庙的圣女，西班牙军队自始至终都没有找到她们。按照类似建筑的一般惯例，太阳神庙和著名的印蒂瓦塔纳位于城市的最高点。神庙在一块当作基座的岩石上被雕刻出来，周围的石头也经过了精心打磨，这都说明了此处极为重要。向河对岸望去，有一座典型的克丘亚风格的建筑，上面有三扇不规则四边形的窗户。宾厄姆认为，印加神话中的艾留斯兄弟就是通过这三扇窗户进入外面的世界，并将神选之民引导到这片圣地的。我知道这样的解释多少有些牵强。当然，许多著名的研究员也对这种观点提出过质疑。我知道他们对太阳神庙的功能做了大量讨论，发现此庙的宾厄姆认为，这里和库斯科的太阳神庙一样，是一个封闭的圆圈。不管争论结果如何，从石头的形状和切割方式来看，这个神庙的地位非常之重要。还有人猜测，在这些构成神庙地基的巨型岩石之下，可能就是印加人的墓穴。

在这里，大家能很轻易地区分出村子里的不同社会阶级，每个阶级都占有一处特定的地盘，并且与别的阶级之间多多少少会保持一些距离。遗憾的是，他们当时只用茅草做屋顶，所以就算是在特别重要的场所，也找不到用其他材质做成的屋顶。对缺乏拱顶知识的建筑师来说，要解决这个问题就非常困难。这里还有专门为战士准备的房间，我们看到了与狭小房间一样大的洞穴，在洞穴两边分别凿出一个刚好能让胳膊伸开的洞，这显然是对战士们进行体罚的地方。受罚者被迫将两条胳膊伸进洞中，然后被人从反方向推动，直到骨头折断。我很怀疑这个过程是否有效，就将自己的胳膊伸进去试了试。我让阿尔维托轻轻地推我，他稍一发力我便觉得疼痛难忍，如果他再继续推我的话，我想自己真的会感觉到那种撕心裂肺的痛了。

瓦伊纳比丘（意为"年轻的山"）要比马丘比丘高200多米，你可以在瓦伊纳比丘上观看整座宏伟壮观的城市。这里之前肯定是瞭望台，而不是住所或防御工事，因为这个遗址看起来不是多么重要。马丘比丘的两侧都牢不可破，一边是临河的300多米的深渊，一边是连接"年轻的山"的狭窄峡谷。最容易遭受攻击的一面是一层层的梯田，但是，要想从这儿发起进攻可真是难于上青天。马丘比丘的南面，有一处巨大的防御工事和一条狭长的山顶小道，从那里进攻也极为困难。再考虑到山下有湍急的比尔卡诺塔河，你就能够看出，第一批原住民选择马丘比丘作为居住区是多么明智。

事实上，这座城市的起源似乎并不重要，但到底是重要还是不重要，我们还是把这个问题留给考古学家去探讨吧。对于我们来说，最重要、最无可争议的事情就是，我们找到了美洲最强大的土著最纯粹的一面，它还没有被外来征服者的文明影响，城墙上镶嵌着具有诱人魅力的珍宝。与这些珍宝相比，城墙本身实在是相形见绌，显得了无生气。堡垒周围的景色十分秀丽，映衬着这座堡垒，唤起游人的无限遐想。受限于实用的世界观，由北美洲来的游客看到各式各样的部落，会与这些曾经的城墙联系在一起，却无法觉察到从伦理上分隔它们的距离。只有半土著的南美洲人，才能领会这些细小差别。

我们的"地震之主"

　　地震之后，我们第一次听到大教堂里洪亮的钟鸣声。这口钟名为玛利亚·安哥拉，是世界上最大的钟之一，据说钟里面融入了27千克的黄金。传说是玛利亚·安古洛女士捐赠了这些黄金，由于俚语押韵①上的小问题，他们将钟命名为玛利亚·安哥拉。

　　在1950年的地震中，大教堂的钟楼损坏了，弗朗哥②政府出资将其修复。为表示感谢，教堂乐队受命演奏西班牙国歌。随着第一声旋律响起，大主教的胳膊上下摆动，像极了提线木偶，但他

①　因为安古洛（Angulo）和 culo 同韵，而 culo 在西班牙语中的意思是"蠢蛋"。
②　弗朗哥将军是西班牙军事独裁者，从 1936 年开始直至 1975 年去世，他一直统治着西班牙。

的红帽子却纹丝不动。他焦急地低语道："停下来，快停下来，你们唱错了！"此时我们还听到一位仁兄气愤地说："我们为这儿工作了两年，他们弹奏的是什么玩意儿啊！"我不太清楚他们是故意这么演奏的还是无意为之。乐队演奏的是西班牙共和国时期的国歌，而非现任政府的国歌。

下午，我们的"地震之主"从金碧辉煌的大教堂中离开了，他只不过是尊深褐色的基督像罢了。游行队伍抬着他走在这座城市的街道上。他要在每个重要的教堂前面驻足停留。他所到之处，都有尾随他游荡的信徒，竞相将手中的花放到这位"地震之主"的身上。这种花在附近山的山坡上随处可见，当地人把它叫作"努丘"。鲜红色的花、古铜色的"地震之主"和银色的祭坛，这一切都让人有一种庆祝异教节日的感觉。身穿彩色服饰的印第安人更强化了这种感觉。他们在这种场合上身穿最传统的服饰，以此来展示自己的传统文化以及生活方式。而走在队伍前面、拿着旗子、身穿欧洲服饰的印第安人，与前者形成强烈反差。他们一脸疲惫，却又一本正经，像极了那些拒绝响应曼科二世号召、宣誓服从皮萨罗的克丘亚人。他们在战斗失败后表现出来的那种窘态，简直是在给一个独立民族丢脸。

在聚集起来观看游行队伍的人群中，几乎都是矮小的印第安人，我们偶尔也能瞥见一个金发的北美人。他拿着照相机，穿着运动衫，似乎是（事实上也的确是）从其他地方赶过来的记者，却迷失在了这与世隔绝的印加帝国中。

胜利者的家园

　　曾几何时，印加帝国繁华奢靡，受前人荫庇，他们还能保留些许的光辉。新一代的库斯科人炫耀财富，虽然他们拥有的财富同之前一样。曾经有一段时间，由于这片区域满是金矿和银矿，库斯科的财富不降反增。唯一的区别是，如今的库斯科不再享有"世界的肚脐"这一赞誉，它仅仅是世界边陲的某个小地方而已。它的珍宝被运到大洋彼岸的新兴都市中，用来伺候别国的有钱人了。印第安人也不再在这个贫瘠的土地上辛勤耕种，连西班牙征服者也不会天天来这里掠夺土地以维持自己的生计，而是凭借英雄事迹和贪婪来获得财富。库斯科渐渐变得萎靡不振，走向了世界的边缘，隐匿在群山之中。而此时，一个新的竞争对手出现在太平洋沿岸，它就是利马，利马靠着那些精明的中间人对流出秘鲁的财富征来的税而逐步发展壮大。虽然印加帝国首都没有经历过什么大灾大难，但曾经的辉煌依旧沦为了如今的平庸。库斯科保留着许多殖民时期的恢宏建筑，直到最近，此地兴建了一两栋摩天大楼，开始与古老的建筑争锋。

　　大教堂坐落在城市的中心，它具备那个时代的建筑特点，无比坚固，因此看起来更像是一座堡垒而不是教堂。大教堂内部金碧辉煌，从中能一窥昔日荣耀。侧边墙上挂着巨型画作，虽然它在价钱上无法与其他装饰相提并论，但也不会显得突兀。最起码在我看来，这幅《圣克里斯托弗河中现身图》倒是幅佳作。地震也给这里带来了破坏：画框散架了，画作也有了裂痕和褶皱。金色的画框和通往圣坛的金门上的铰链都掉落在地上，这个场景十分稀奇，好像在告诉众人它的身体快要散架了。金色并不像银色那样柔和尊贵，相较之下，银色更能突显时间流逝后的魅力，所以大教堂的装扮就像一个年老色衰的女人浓妆艳抹了一番。真正具有艺术性的地方位于唱诗席位处，这是印第安人或梅斯蒂索工匠打造的木质艺术品。他们在木头上雕刻了圣徒生活的图案，将天主教大教堂的精神与安第斯民族的神秘灵魂都融入了松木。

　　每位到此的游客，都应该去看看库斯科的一件珍品，那就是圣布拉斯方形会堂的讲坛。那里最值得好好欣赏的就是其高超的雕刻艺术，当你驻足欣赏时，会被它深深地吸引。像大教堂唱诗班席位一样，两个互相敌视的民族却又在某些方面表现出了融合。整个库斯科像是一个巨型画廊：教堂，甚至这里的每一座房子，每一个俯瞰街道的阳台，好像都能将你召唤到过去。诚然，它们不是所有地方都具备相同的优点。当我此刻提笔回忆时，我与那儿早已相距甚远，摆在我面前的笔记也变得刻意和做作，我无法挑选出哪个事物令我印象深刻。我们参观了很多教堂，我依旧记得贝伦教堂那破败的钟楼的可怜景象。地震之后钟楼东倒西歪，就像一只被肢解过的动物，悲惨地躺在山坡上。

仔细分析一番之后，我觉得并没有太多的艺术品值得大家细细品味，人们去库斯科不是为了观赏这幅画或那幅画。库斯科作为一个值得一看的城市，整体上创造出了宁静祥和的氛围，如果说有什么令人不安，那也都是过去的事情了。

还是库斯科

如果非要把构成库斯科的一切荣光从世界上抹掉，进而让它变成一座没有历史的小村庄，依然还是有一些东西可以述说的。我们就像在制作一杯混合鸡尾酒一样，把关于这里的所有印象一股脑儿地混在一起。在那里的两周生活里，我们的流浪精神贯穿始终。带给埃尔莫萨医生的那封介绍信相当有用，虽然他并不是那种需要介绍信才肯帮人一把的人。阿尔维托炫耀自己曾与美洲最著名的麻风病专家一起共事过——他总是精于此道，这足以让埃尔莫萨医生伸出援手。和埃尔莫萨医生的深入交谈让我们对秘鲁的生活有了个大致的了解，我们还借此机会搭上他的车游遍了整个印加山谷。他对我们非常友好，还资助我们购买了前往马丘比丘的火车票。

该地区火车的速度是每小时10到20千米，火车之所以如此耗费时间，是因为地势高低不平。城市边缘有一处陡坡，为了让火车能够顺利通过，设计师设计了一条"之"字形铁路。火车先向前行驶一段，再调转方向滑行到另一条铁轨上，接着重新向前爬升，就这样来回多次，直到火车开到山顶，之后便沿着一条汇入比尔卡诺塔河的小溪，一路向山下开去。在火车上，我们遇到了一对卖草药兼算命的江湖骗子。他们倒友好得很，我们邀请他们喝马黛茶，他们也分享了自己的食物。到达那片遗址时，我们恰巧碰到一群人踢足球，在他们的邀请下，我们也踢了起来。在当地人称作"潘帕"的球场上，我借机来了几个令人印象深刻的救球动作，阿尔维托当然也不忘在中场炫一番技。随后我们低调地承认，我们曾在阿根廷顶级联赛中踢过球。在一阵精彩绝伦的表演之后，我们很快吸引了球队老板的目光，他也是一家旅馆的经理。他邀请我们在这儿多待上几天，说等下一帮北美人被火车专列运来的时候再走也不迟。球队老板索托先生不光为人友好，还有一身学识，他对体育话题最感兴趣。在畅聊完体育后，接着聊起了印加文化，没想到他对印加文化也了如指掌。

离别时一股难过之情涌上心头。索托先生为我们制作了一杯美味的咖啡，我们喝完便登上了返回库斯科的小火车，火车要行驶12个小时。火车上设有一些三等车厢，是"专门"为当地印第安人准备的，这种车厢和阿根廷用来运输牲畜的车厢差不多，区别是奶牛的粪便要比人的粪便好闻许多。印第安土著的羞耻心和卫生观念同动物差不了多少，他们无论男女老少一律都在路边解决大小便。女人用自己的裙子一擦了事，男人连擦的步骤也省去了，完事后扬长而去。带着小孩的女人，她们的裙底简直像个装粪便的厕所，每当小孩放屁后，她们就用裙子给孩子擦屁股。当然，坐在舒适车厢里的游客对印第安人的生活习惯并不怎么了解，只有在我们的火车停下，让印第安人的火车通行时，大家才能在飞驰之中草草一瞥印第安人的生活状况。美国考古学家宾厄姆发现了印加遗址之后，便用通俗易懂的文字介绍了这个地方，于是吸引了大量来秘鲁的游客到此参观。（一般他们先直飞秘鲁首都利马，接着库斯科，参观完遗址之后直接回家，他们根本不知道还有别的什么值得参观的。）

库斯科的考古博物馆中的文物少得可怜。当地方当局发现堆积如山的珍宝被走私到世界各地时，已经太晚了。寻宝者、游客、外国考古学家以及任何一个对文物感兴趣的人，早已把这个地方抢了个够，博物馆里收藏的文物都是被人抢剩下的。即便如此，对像我们这些对考古学一知半解、最近才了解了一些印加文明的人来说，这足够我们在博物馆里好好欣赏一番了。事实上，我们足足看了好几天呢。馆长是一个十分博学的梅斯蒂索人，而且对自己的民族怀有一腔热情。他给我们讲述了印加人过去的辉煌以及当下的悲惨，认为当务之急是搞好教育。他强调应该赶快提高印第安家庭的经济水平，只有这样才能让他们摆脱对古柯叶和酒精的依赖。他最后还谈到，应该让人们更全面、更详尽地了解克丘亚民族，这样他们才可以满怀骄傲地回顾过去的历史，而不是自卑地活在当下，以身为印第安人或梅斯蒂索人而感到羞耻。当时恰逢联合国讨论古柯叶问题，我们还告诉他自己尝试的经历。他说他嚼过之后也出现了同样的症状，接着开始破口大骂那些为了利益而不顾别人死活的贩毒者。科利亚族和克丘亚族是秘鲁的两个大族，也是仅有的两个消费古柯叶的民族。一半是土著血统的馆长，眼中满含热情，对未来充满希望，这倒也成了这座博物馆里的一件珍宝，一件鲜活的展品，是一个为了自己民族的归属而抗争到底的见证。

万博省

在库斯科，我们想尽了一切办法，依旧没有人肯收留我们，于是我们只好遵从加德尔①的建议，调整方向，一路向北。我们必须在阿班凯停下来，因为那儿有前往万卡拉马的卡车，到达万卡拉马之后，下一个目的地就是万博省麻风村。同往常一样，我们希望在国民卫队或医院解决食物和住宿的问题，这样不需要花钱。只不过我们要在这里多待两天，因为卡车司机们全都在过复活节。我们漫无目的地游荡在这个小村子里，没有发现什么有趣的事情，来让我们忘记早已饥肠辘辘的肚子。医院里食物十分匮乏，他们无法给我们提供吃的东西。躺在小溪旁的草地上，看着傍晚的天空颜色渐渐

---

① 卡洛斯·加德尔：阿根廷著名演员、探戈歌手和作曲家。

变暗，我开始回忆昔日的甜蜜爱情，想象着天上奇形怪状的云彩都变成了丰盛的饭菜。

我们打算回警局睡觉，自以为抄小道会快一些，结果却迷了路。我们穿过一片片稻田和篱笆，正打算到一户人家的门廊处休息休息。当我们已经爬上墙的时候，才看到一条狗和它的主人，可在月光的笼罩下，他们像极了鬼魂！我们没有想到自己可能也同样吓人，尤其是在夜色的映衬之下。我们礼貌地说了一声"晚上好"，接着只听见不知道什么意思的叫喊声。我听到有一个词是"维拉科查"①，然后那个男人就带着狗跑进了屋子，根本不理睬我们的道歉和呼喊。于是我们静悄悄地从前门离开了，门口的路似乎正是回去的路。

我们感觉到无聊的时候，便会前往教堂，近距离观看当地的宗教仪式。可怜的牧师一旦开始做布道，便长达三个小时，其实在一个半小时左右的时候，他已经把能说的都说完了。他从上面看着信众，带着恳切的眼神，拼命地用手指向教堂的各个角落，口中喊道："看吧！在这儿，他在这儿！主正在向我们走来，他与我们同在，他的灵魂给我们指明道路。"停了一下之后，他又开始了新一

---

① 维拉科查：印第安人有时用这个词来称呼白人。

轮的狂轰滥炸，当似乎快要沉默不言的时候，他又开始重复之前的胡言乱语。在这样反反复复五六次之后，我们都快要被他逼疯了，只好赶快跑走。

我不知道什么原因导致了哮喘发作（尽管我知道虔诚的信徒一定知道原因），当我们到达万卡拉马的时候，我连站都站不稳了。行李中连一瓶肾上腺素都没有，我只能眼睁睁地看着病情加重。警察给我拿来一条毯子裹上，我一边看着外面的雨，一边一根接一根地抽着黑雪茄，这样多少能缓解我的气喘。快天亮时我才靠在走廊的柱子旁进入梦乡，第二天醒来感觉好多了。阿尔维托还给我找来了一些肾上腺素和几片阿司匹林，简直让我重获新生。

我们向地方副长官（相当于村主任级别）报告了我们的到来，并请求他借给我们两匹马，好载着我们去麻风病人隔离区。这位友善的男人热情地接待了我们，承诺五分钟后便能在警局门口看到我们要的马。在等马的时候，操场上有一群人正在操练，一名士兵正在严厉地训斥他们，那个士兵前一天还对我们很友善呢。看到我们到来，他便向我们致敬问好，接着继续发号施令来训练这些新兵蛋子。在秘鲁，每五个适龄青年中必须有一个服兵役，剩下的人每个星期天都要去进行军训，而眼前的这些受害者就是那剩下的五分之四。事实上不止他们，甚至连教官都是受害者。应征入伍的新兵蛋子要忍受教官的愤怒，而教官则要忍受新兵的懒散。由于大家听不懂教官说的西班牙语，也就无法领会这样做或那样做有什么意义，不懂正在踏步向前时为什么又要突然停下。他们这个样子，任谁看了都会怒从中来。

马到了之后，那位士兵给我们派了一位向导，可他只会说克丘亚语。开始的山路崎岖难行，如果换成别的马我想是绝不可能走过去的。遇到难走的路段，向导会下马牵着马缰步行。当走了快三分之二的路程时，我们碰到了一个老太太和一个男孩，他们拉着我们的缰绳不放，嘴里喋喋不休地讲着什么，我们只能听懂"马"这个词。起初我们以为他们想卖一些藤条编的筐子给我们，因为老太太手里拿了好几个。"不想买，我，不想。"我试图讲一些简单的词语让她能够听懂，要不是阿尔维托提醒我他们是克丘亚人，而非猿人或野人的亲戚，我恐怕会用这种方式一直说下去。幸好，最后对面走来了一个人，他恰好会说西班牙语。他解释说马的主人就是这些印第安人，他们骑马经过副总督门前时，马被扣下了，接下来才有副总督把马借给我们的一幕。我胯下那匹马的主人应该是个刚应征入伍的男孩，他从35千米之外的地方走过来服兵役，而这位可怜的老太太住在与我们前行方向相反的地方。任何一个正直体面的人都会把马还给别人，徒步走完接下来的路，我们也这样做了。走在我们前面的向导则费力地背着大家的行李。就这样，我们一路走到了麻风病人隔离区，我们给了向导1索尔作为酬谢。虽然钱很少，可他还是很感谢我们。

医院院长蒙特霍先生接待了我们，他说这里无法为我们提供住宿，但可以把我们安排到当地人的家里去住，他说到做到了。那位农场主提供了我们所需的床和食物。第二天早上，我们前往这家医院看望病人。掌管医院事务的负责人工作量相当大，尽管别人看不出来。医院的总体情况很糟糕：三分之二的区域被划分为"病人区"，事实上还没有街区的一半大，里面住着31名病人，他们好像已经被判了死刑似的。病人心如死灰地看着时光流逝，直到死亡来临（至少我是这么想的）。这里的卫生状况也极为糟糕，尽管来自山里的印第安人不会觉得有什么，但是来自其他地方的人会觉得难以忍受，虽然他们的受教育程度只比印第安人略高一点儿。一想到余生都要在这土墙之中度过，周围的人还说着陌生的语言，而且每天只有四个护理员来这儿看上几眼，确实足够让他们精神崩溃的了。

我们来到了一间稻草屋顶、藤条天花板的房子，一个白人女孩坐在泥土地上，正在读盖罗斯写的《巴济里奥表兄》。我们一开始和她交谈，她就悲痛欲绝、泣不成声，她说她就像生活在地狱似的，遭受了太多苦难。这个可怜的女孩从亚马孙河流域来到库斯科看病，但医生也无能为力，说可以把她送到更好的地方给她治病。库斯科的医院说不上完美，但也算相当舒适。我能理解她为何用"苦难"这个词，只有这个词才能表达她现在的处境。这所医院唯一还不错的是药物治疗，剩下的一切可能只有来自山上的印第安人才能忍受，因为他们总是听天由命，并且也习惯了这样的苦难。

当地人的愚蠢无知更是拉远了医生和民众之间的距离。其中一个人告诉我们，医院的外科主治大夫曾要做一场比较大型的手术，但这里除了餐桌没有像样的手术台，而且还缺少合适的外科手术设备。所以他希望附近安达韦拉斯的医院能够提供一个手术场所，哪怕是停尸房也行。然而那所医院拒绝了他的请求，病人因为无法得到有效治疗而去世了。蒙特霍先生告诉我们，在著名麻风病专家佩谢医生的倡议下，他自这个麻风病治疗中心创建之初就负责全新的服务。可当他来到万卡拉马时，没有一家旅馆愿意让他住宿，甚至镇子上的一两个朋友也都拒绝让他过夜。当时正下着瓢泼大雨，他只得在一个猪圈避雨，就这样过了一夜。我之前提到的那个女孩，也不得不走到麻风病院，因为她和她的同伴无法借到马，那时麻风病院已经建成很多年了。

医护人员热情地欢迎了我们，然后带着我们去参观距旧医院几千米外的新建医院。当他们征求意见时，我看到他们满是自豪，仿佛医院是他们一砖一砖亲手盖起来的。我们不想给大家说这里存在怎样的问题，这样做太没有良心了。可事实上，新的医院和旧医院有着相同的问题：缺少实验室，缺少外科手术设备。更严重的是，它建在一块满是蚊子的地方，对于整天要待在这里的人来说，这无疑是一种残酷的折磨。诚然，它可以容纳250名病人，还有一位常驻医生，卫生方面也有所改善，但依然还有很多问题需要解决。

两天之后，我的哮喘病更严重了，之后我们决定离开这儿，以便得到更好的治疗。

提供住宿的那位农场主借给我们几匹马，在之前那位少言寡语的克丘亚向导的陪同下，我们启程了。农场主强烈要求让向导来背我们的行李。在这个地区的富人看来，让仆人背上所有行李、徒步前行、受些苦，都是天经地义的事情。我们等过了第一个拐弯处，消失在人们的视线中之后，就从向导那儿拿回了自己的行李。他面无表情，让我们感到神秘莫测，也不知道他是否喜欢我们的举动。

我们再一次回到了万卡拉马，在国民卫队那儿休息了一晚，直到第二天找了一辆卡车，带着我们向北方前行。在一天的舟车劳顿之后，我们终于到达了安达韦拉斯镇，到达那里之后我就直奔医院去看病。

一路向北

在医院住了两天后，我的哮喘稍微好点儿了，于是我们离开医院，再一次投奔国民卫队，他们像之前一样热情地接待了我们。我们现在手头太紧，所以也不怎么敢花钱吃饭。到利马之前我们并不打算打零工，因为只有利马的薪资待遇相对来说比较可观，才能攒到足够的钱继续旅行，而我们目前暂时还没有回家的打算。

第一天，我们过得相当滋润，因为管理卫队站的中尉生性善良，他邀请我们吃饭，我们尽可能地多吃，以为可以撑上一段时间了。然而，之后的两天陪伴我们的正是饥饿，还有无尽的乏味。我们又不敢离检查站太远，因为那儿是卡车司机的必经之地，在他们继续上路之前，都需要到那儿去接受证件检查。

在第三天的黄昏，我们等来了盼望已久的卡车，刚好它也要前往阿亚库乔。那一天，在我们看到国民卫队士兵侮辱一位给坐牢的丈夫送饭的印第安妇女之后，阿尔维托反应过于激烈。他的过激反应让国民卫队那帮人觉得我们是异类，因为他们根本没把这些印第安人当人看。这件事之后，国民卫队的士兵们渐渐疏远了我们。

夜幕降临，我们离开了这个让人倍感压抑的村子，因为没法儿四处游玩，我们感觉像是在监狱里待了几天。卡车从安达韦拉斯北部离开，需要越过山峰，那个时候的天气也愈发寒冷。刚爬过山峰，一阵狂风暴雨袭来，我们淋得浑身湿透，也没有什么地方供我们避雨。司机之所以同意我们上车，是因为他需要有人来照顾车上的10头小牛犊，车上还有一个印第安小孩，是司机的助手。我们在一个名叫钦切罗斯的镇子过夜。天气太冷了，以至于我们都忘了自己是流浪汉。我们身上没有太多钱，所以简单地吃了些东西，并且向店主要了一张供我们两人合睡的床。无须多说什么，已经有很多人红着眼睛同情我们，这也在某种程度上感染了老板，所有的食宿加起来，老板一共仅收了5索尔。接下来我们花了一整天的时间穿越深谷直到潘帕斯大草原，那是穿越整个秘鲁国境的山脉顶部的一片高原。秘鲁地形崎岖，除了亚马孙河流域的森林地带，几乎没有一片平原。几个小时之后，照看小牛犊的任务变得越来越困难，原本牛的脚底下铺了一层木屑，可随着路途的颠簸，木屑都撒了出去，牛一直站在同一个位置，也累得快不行了。我们的任务是让它们重新站起来，要不然被别的牲口不小心踩上一脚就完了。

在某一刻，阿尔维托突然意识到一只牛的角可能会戳伤另一只的眼睛，所以好心提醒了站在牛旁边的印第安小孩。印第安小孩只是耸了耸肩，带着民族激情说："我为什么要这么做？它留着眼睛也只是用来看屎。"接着，他继续给缰绳打结，在阿尔维托打断之前，他一直都在干这事儿。

我们终于抵达了阿亚库乔，这是拉丁美洲一座历史名镇。在小镇周围的平原上，玻利瓦尔赢得了一场决定性的战役。在晚上，整个秘鲁山区的照明状况都很糟糕，而这里更是糟上加糟。这里的电灯一整晚都散发着橘色的微光。一个喜欢与外国人交朋友的绅士，邀请我们睡在他的屋子里，还帮忙给我们寻找继续向北行进的卡车，所以我们只参观了这座小镇上33座教堂中的一两座。向我们的朋友道别后，我们继续朝着利马前进。

穿越秘鲁中心

我们还是像以往那样继续旅行着，当遇到慷慨大方的人同情我们的艰辛时，便可以时不时地混一顿饭吃。我们在路上本来就没怎么吃过饱饭，所以那天晚上听说前面有塌方，我们无法通行时，饥饿感就更加剧烈了。我们只能在这个名叫安科的村庄度过一夜。第二天早上，我们坐上卡车继续出发，可是刚走了一小段路就到了塌方处，在这里又耽搁了一天。我们虽然肚子咕咕叫，但还是好奇地看着工人们如何把炸药放到挡在路中央的巨石上。每个工人身旁好像都有不少于五个婆婆妈妈的监督人员，他们的瞎指挥阻碍了爆破的进度。我们跳到溪谷下面的激流中游泳，指望能暂时忘掉饥饿这事儿，但是河水冰冷刺骨，我们在水中待了一会儿就上岸了。前面说过，我们两个人都十分怕冷。最后，我们又给大家卖了一遍惨，博得了几个人的同情，一个人给了我们一些玉米棒子，另一个人给了一个牛心和一些内脏。

我们开始生火做饭，锅是从一位妇人那儿借过来的，可是饭刚做到一半，爆破工人就疏通了道路，卡车队伍开始向前缓慢移动。那位妇人把锅要了回去，我们只能吃着半生不熟的玉米，至于那些牛杂，只能打包带走。

屋漏偏逢连夜雨，到了晚上风雨交加，路面变成了危险的泥潭。道路狭窄，一次只能通过一辆卡车，所以先让离滑坡较远的车通行，然后我们这一边的车再过去。我们的卡车排在队伍的前列，可排在最前面的卡车由于牵引机发动过猛，分速器坏了，所有的车又堵在了那里。后来一辆车前带托辊的吉普车救了急，它从山的另一边开过来，把卡车拖到路边，让其他的车继续通行。卡车整夜都在前行，像往常一样，穿过峡谷的时候多少还能遮风挡雨，可一旦开到秘鲁那寒冷的潘帕斯大草原上，就只有寒风和大雨陪伴我们。我和阿尔维托的牙齿都在打战，由于长时间保持同一姿势，我们的大腿抽筋了，于是拉伸了一下腿部肌肉以免再次抽筋。饥饿就像一只奇怪的动物，它形影不定却又无处不在，我们变得焦虑而暴躁。

天刚亮的时候，我们抵达了万卡略。下车之后又走了15个街区，才找到我们经常光顾的地方，即国民卫队站。我们买来了一些面包吃，又煮了一些马黛茶，接着拿出之前带来的牛杂，可还没等到我们开始生火做饭，便有一辆卡车愿意搭我们前往奥克萨潘帕。我们之所以有兴趣前往那个地方，是因为我们的一个阿根廷朋友的妈妈生活在那儿，至少我们认为如此。或许到了她那儿，我们能有几天酒足饭饱的日子，说不定她还会资助我们。美好的希望萦绕在我们的脑海中，我们也没顾得上参观万卡略，饿着肚子急忙出发了。

刚开始的路程畅通无阻，我们沿途穿过了几个小镇。到了傍晚6点左右，卡车需要在一段危险的小路上下坡，路面窄得只能容下一辆卡车。一般情况下，无论哪一天，都只允许一个方向的车通过，但不知道为什么，今天是个例外。两边的卡车司机商量着怎么过去，互相喊叫着，紧握着方向盘，车后轮在陡峭的山坡边缘缓慢移动，这个场面真称得上惊心动魄。

阿尔维托和我各自蹲伏在卡车的一边，只要感觉到动静不对，就随时准备从车上跳下来，而同行的印第安伙伴却淡定得很。我们的恐惧不是没有来由，因为在山下的海岸旁竖着很多十字架，这说明很多乘客和司机在这条路上丧了命。每一辆翻下山的卡车上都满载着人，卡车就这么一直下坠到200米下的汹涌河水中，根本毫无生还的希望。根据当地人的描述，每一场发生在这里的车祸，所有人都会葬身水中，无一人生还。

幸运的是，这次有惊无险，大约晚上10点的时候，我们到了一个名叫拉梅尔塞德的村子。它处于低洼地带的热带地区，具有丛林村落景观的特色。有一个好心人将一张床让给了我们，还给我们准备了一顿丰盛的大餐。不过这顿大餐是后来加的，之前我们由于实在太饿了，便从树上摘了些橘子，刚好他过来问候我们，我们在慌乱之中连橘子皮都没藏好。

在镇子上的国民卫队站，我们听到了一个令人不快的消息：经过此处的卡车无须登记便可离开，这让搭车成了难题。同时，我们亲眼看到有人举报凶杀案，报案的人是死者的儿子，还有一个浮夸的黑白混血儿，他说自己是死者的生前好友。死者在前几天被一个人神秘地杀死，主要的嫌疑人是位印第安人，这两个男人带着他的照片前来报案。一位中士给我们看了这张照片并说道："医生们，你们看看，这就是杀人犯的典型长相。"我们也附和着点了点头。但离开国民卫队时，我问阿尔维托哪一个人才是真正的杀人犯，我俩的想法一模一样，那个黑白混血儿比印第安人更像杀人犯。

在漫长的等车时光里，我们交到了一个朋友，他说他能搞定一切，还不收一分钱。他的确说到做到了，在和一个卡车司机交谈了几句之后，司机便同意带我们上路。然而，我们得知这位朋友只能让司机少收我们每人5索尔，原本司机要每人收20索尔。我们对司机说自己身无分文，虽然我们口袋里还有几个钢镚。司机出于好心，让我们先欠着，到达目的地之后还邀请我们去他家过夜。

路很狭窄，但与之前的路相比，已经好很多了，而且路上很美，我们穿行在森林和热带植物之中：有香蕉树、木瓜树和其他热带植物。去往奥克萨潘帕的路上起起伏伏，公路的尽头便是我们的目的地，那里海拔大概有1000米。

途中我们一直和那个报案的黑白混血儿坐在一辆卡车之中。在沿途的一个休息点，他请我们吃了一顿饭，还给我们讲了有关咖啡、木瓜和黑奴的事情，他说他的祖父曾是黑奴。虽然他说得很坦然，我们还是感觉到了他的自卑。不管怎么说，我和阿尔维托都排除了他杀人的嫌疑，认为他没有谋杀自己的朋友。

残缺的希望

第二天早上，我们气愤地发现那位阿根廷朋友给的消息是错的，他的妈妈早就没住在奥克萨潘帕了。幸好他的姐夫住在这儿，他的姐夫勉为其难地接待了我们。欢迎仪式还是很隆重的，还有一顿临时准备的大餐，但是我们很快也意识到，他之所以这么做，完全是出于秘鲁人热情好客的传统。即便如此，由于我们实在是身无分文，又饿得前胸贴后背，除非他下逐客令，要不然我们会厚着脸皮在这个不欢迎我们的朋友家里多吃上几天。

这一天过得非常美好：我们先是在河里游泳，这样便能忘记一切烦忧；接着吃了好多好吃的，喝了美味的咖啡。可好物大都不坚牢，终有曲终人散的时候，第二天晚上，这些美好的东西就要消逝了。那个工程师朋友（我们的主人是一个"工程师"）想到一个两全其美的办法给我们送行，不仅有效而且便宜：有个道路巡查员愿意带我们去利马。对我们来说这是一件好事情，我们也觉得一直这么下去不是办法，到了利马还能碰碰运气。所以，我们顺势答应了下来。

晚上我们便睡在一辆敞篷卡车的后车厢里，后来一场倾盆大雨淋得我们浑身湿透。深夜2点时，司机竟然让我们在圣拉蒙下车，可这儿距离利马还有一半多的路程。司机说他要去换辆车，让我们在这等一会儿，为了让我们打消疑虑，还让他的朋友和我们一起。过了10分钟，那个家伙买烟去了。到了凌晨5点，我们这两个自以为聪明的阿根廷人吃着早饭，痛苦地意识到我俩真被抛弃了，而且一路上被耍得团团转。

我现在只希望那个司机恶有恶报，如果他改行的话，真希望他告诉我，他现在是个斗牛士，然后惨死在牛角之下……（我内心本有疑虑，总觉得哪里不对劲儿，但是他看起来那么好，所以我们相信了他所说的一切，甚至相信他真的会去换车。）

天要破晓的时候，我们碰到了几个醉汉，之后便上演了我们惯用的套路。方法如下：

一、大声说话，话语里面带上"切"的字眼或俚语，让人一听便知道我们是阿根廷人。这时听者就会上钩，会立即打听我们从哪儿来，这样搭讪就算成功了。

二、开始倒苦水，但是也不能说得太多，眼睛始终往远方看。

三、我突然打听今天是几号，有人会回答，接着阿尔维托叹口气说："好巧啊，再想想去年的今天。"听者便会问一年前怎么了，我们就会说一年前的今天我们开始了旅行。

四、阿尔维托比我胆大得多，这时他会叹一口长气，并且说道："可惜我们现在身处惨境啊，要不真应该庆祝庆祝。"（他说这些话的时候声音不大，就好像在和我说悄悄话。）听者便会替我们付钱，我们则假装推托一番，说我们无法再把钱还回来，直到最后，我们接受了他们的好意。

五、喝完第一杯啤酒之后，我假装不再喝第二杯了，阿尔维托则会嘲笑我酒量差。请客的人会有些生气，强烈要求我继续喝，我则一再推脱，却不给理由。那个人便会再三劝酒，直到我一脸尴尬地说，阿根廷人有个传统，喝酒时必须配上小菜。我们接下来能吃多少就取决于主人的脸色了。总而言之，这个方法是屡试不爽啊！

我们在圣拉蒙又使用了这个伎俩，同以往一样，我们吃饱喝足了。早晨，我们在河岸上休息，这里风景优美，但我们却没有心思去欣赏它的美，而是把它幻想成了一盘盘美味佳肴。在我们的幻想中，有熟透了的大橘子从篱笆中探出头来。我们吃得很带劲儿却又有些伤感：一会儿便觉得肚子满满的，还很酸，不久强烈的饥饿感便会再次袭来。

实在是饿得前胸贴后背了，我们决定抛下我们那点儿仅存的自尊，去向当地医院求助。这时阿尔维托变得羞羞答答，我不得不装模作样地说着"外交辞令"：

"医生，您好，我是一位医科学生，我的同伴是一位生化技师。我们来自阿根廷，现在实在太饿了，想吃一些东西。"我们开门见山，那位可怜的医生一下子也有些手足无措，只好答应请我们在食堂吃上一顿。我们自然也知道自己是多么厚颜无耻。

阿尔维托感到很羞愧，都忘了谢谢医生的好意。我们出去之后准备"钓"辆车，最终得逞了。我们舒舒服服地坐在司机的驾驶室里，这正是前往利马的车，司机还时不时地请我们喝杯咖啡。

上坡的山路窄到不能再窄了，旁边就是悬崖，我们都惊出了一身冷汗，司机却开心地讲述着每个十字路口的故事。突然，他把车开进了一个大坑，这个大坑连傻子都能看见。我们不禁开始担心，司机能不能把车开好。不过理性却告诉我们，他要是没有高超的车技，车子早就掉进深渊了。我们还是想探探口风，阿尔维托耐心地探出了实情。据司机师傅说，之前的一场车祸让他的视力变得模糊，这就解释了他为什么把车开进了大坑里。我们试图让他明白，这样开车对他和乘客来说是一件多么危险的事情。但是司机冥顽不灵，他说这是他的本职工作，他的老板给他的待遇很好，不在乎他是怎么到的，只要完成任务就行。除此之外，为了拿到驾照他贿赂了不少官员，驾照的成本很是高昂。

车往下开了一段路程之后，他的老板也上了卡车。他似乎很乐意把我们捎到利马，但是经过检查站的时候我们需要躲起来，因为这种货车上是禁止载客的。车主实际上是个好人，一路上都请我们吃东西。经过矿城拉奥罗亚时，我们非常想下去参观参观，但是车子不会在此停留。拉奥罗亚的海拔是4000米左右，从它坑坑洼洼的地形，就能猜到矿工的艰苦生活。高高的烟囱吐出黑烟，到处都弥漫着煤灰，走上街道的矿工们，脸上立刻也抹满了煤灰。这里的一切好像都染上了单调的灰色，这也恰好与这里灰色的天气相得益彰。当我们穿过海拔最高处的时候天还亮着，那儿的海拔是4853米。虽然是白天，天气也是够冷的。我裹上了我的行军毯，望着车窗外的风景，在卡车的轰鸣声中念着各种诗句。

那天晚上我们在市郊过夜，第二天赶早到了利马。

总督之城

我们旅程中最重要的一个阶段已临近尾声，虽然身上一个子儿都没剩下，短期内也没有机会赚到钱，但是我们依旧感到很开心。

利马是一个漂亮的城市，新建的房子已经掩盖了殖民时期的痕迹（看过库斯科之后，利马更给人这种感觉）。利马享有"珍宝之都"的美誉，多少有些夸大，但是在住宅区与宜人的海边度假区之间，街道都十分宽阔，交通非常方便。利马人沿着宽阔的主路，开车前往卡亚俄港只需几分钟。除了发生过战斗的堡垒外，港口那儿再没有什么特别吸引人的地方（似乎所有的港口都是按标准流程建设的）。站在巨大的城墙上，我们感慨于科克伦伯爵的丰功伟绩，那时他带领着拉丁美洲水手们攻占了这个堡垒，这是解放拉丁美洲的一次重要战役。

值得大书特书的是市中心的大教堂，这里与库斯科沉重的历史格外不同。在库斯科，征服者通过大教堂笨拙地歌颂自己。而利马的艺术气息别具一格，带有一种轻柔的优美：大教堂看起来高大而典雅，我想它也许是西班牙殖民时期所建的最纤细的大教堂了。库斯科的大教堂主要以木制品为装饰，而利马的大教堂使用的却是黄金。利马的大教堂中殿宽敞、明亮、易通风，与印加古城里昏暗阴沉的洞窟完全相反。这里的油画也是以亮色调为主，洋溢着欢快的气氛，其画派风格晚于梅斯蒂索派，因为梅斯蒂索派画的圣人总是面部阴郁、带有怒气。这个大教堂的外观和圣坛具有丘里格拉式的金色装饰艺术。①这儿的巨大财富使得贵族们能够与美洲的解放军战斗到底。利马是秘鲁还没有摆脱殖民的一个代表，它还在等待一场血战来实现真正的解放。

　　这个总督之城中有一个地方是我们肯定要去的，那里唤醒了我们关于马丘比丘的记忆，那就是考古人类学博物馆。它由唐胡利奥·特略先生所创建，他是一位正统的印第安学者。博物馆里收藏了很多有价值的文物，它们能概括出利马文化的整个样貌。

　　利马和科尔多瓦极其不同，虽然它们都有着相同的殖民地或

---

① 西班牙巴洛克建筑，以精致的表面装饰为特色。

外省城市的风格。我们拜访了领事馆，拿到了寄给我们的信。读完信后，我们想着该如何处理那封给外事办公室的官僚的介绍信。当然，那个官僚绝不想搭理我们。我们找了一个又一个警察局，直到找到一个可以给我们提供饭菜的地方。当天下午我们拜访了麻风病专家乌戈·佩谢医生，他是一位受人敬仰的医院主管，他非常热情地欢迎了我们。他在麻风病医院里给我们安排了住宿的地方，那晚还邀请我们去他家吃饭。他讲起话来滔滔不绝，是一位非常健谈的人，我们很晚才回去睡觉。

第二天我们起床吃完早饭已经很晚了。显然，没有任何人管我们，所以我们决定前往卡亚俄港参观一下港口。一路上花费了很多时间，因为当天是五一节，没有公交司机上班，我们只得整整走了14千米。卡亚俄港并没有什么特别值得一看的地方，连艘阿根廷船都没有。我们的脸皮倒是越来越厚了，去了个警局讨了点儿吃的，然后又匆忙赶回利马。我们接着又去佩谢医生家吃饭，他给我们讲述了他遇见的不同麻风病类型。

次日早上我们去了考古人类学博物馆。里面的馆藏多得不可思议，可我们没有那么多的时间一一欣赏。当天下午我们在莫利纳医生的带领下，好好熟悉了一下这所麻风病医院①。莫利纳也是一个

---

① 吉亚的医院。

非常优秀的麻风病专家，还是个很好的胸外科医生。同往常一样，我们又去了佩谢医生家蹭饭。

　　周六，我们在市中心花了整整一个上午去兑换50瑞士克朗，一番波折后，我们最终如愿以偿。下午我们又参观了实验室，那儿没有什么太值得称赞的地方，事实上倒是有一些地方需要完善。病人的档案记录倒是做得非常好，既清楚明了又全面细致。到了晚上，我们当然又光顾了佩谢医生家，他也像往常一样，和我们谈笑风生。

　　星期天对我们来说格外重要，因为这是我们自出生以来第一次看斗牛。尽管这一场比赛只是见习斗牛士和三岁公牛的搏斗，牛和斗牛士都不够有水准，但我们还是非常兴奋。早晨我在图书馆阅读特略先生的书，一想到接下来的斗牛比赛，我就无法集中注意力看书。斗牛已经开始了我们才到那儿，刚好看见这位见习斗牛士在杀牛，但不是平常的杀法，而是coup de grâce①。结果牛遭了殃，无力地躺在斗牛场上，斗牛士趁机一下了结了它，场下一阵欢呼。当第三头牛把斗牛士顶起来甩到空中的时候，观众们依旧欢呼雀跃，但也就那样而已。当第六头牛悄无声息地死去之后，斗牛比赛也就结

---

① coup de grâce：西班牙语为descabellar，用匕首切断牛的脊索。

束了。我没有看到所谓的艺术，他们身上倒是有一点儿勇气，可是没什么技巧，当然让人兴奋的情景还是有的。总而言之，它完全取决于星期天做的是什么事情。

星期一早上我们又一次去了博物馆。到了晚上，我们雷打不动地去了佩谢医生家，在那儿遇见了精神病学教授巴伦萨医生。他的口才也很好，给我们讲了一些战争轶事和以下的这些内容："不久前的某一天，我去当地电影院看坎廷弗拉斯①的电影。看电影的人都在大笑，但我却不知道笑点在哪儿。这也没啥奇怪的，其他人也都没怎么看懂。那么问题来了，他们笑个什么劲儿呢？事实上，他们笑的是他们自己，每个人都在笑他们自己。我们生活在一个年轻的国家，既没有传统也没有文化，是一个刚被发现的国家。所以他们在嘲笑我们那胎死腹中的稚嫩文明……尽管现在高楼林立，汽车遍地，还有许多财富，我们就能说北美洲真的成熟了吗？它已经今时不同往日了吗？当然不是，这些都只是形式上的不同，本质上并没有区别。在这一点上，整个美洲都是如此。看看坎廷弗拉斯的电影，我才能明白什么是泛美主义！"

星期二也没什么大的变化，我们还是去参观了博物馆。下午3

---

① 坎廷弗拉斯：一名多产的墨西哥喜剧演员，他被称为"墨西哥的查理·卓别林"。

点，我们去找佩谢医生，他给了阿尔维托一套白色西装，给了我一件白夹克。穿上之后，每个人都说我们看起来人模人样的。那天之后的事情也没有什么值得讲述的了。

几天时间一溜烟便过去了，我们随时准备出发，但还没决定启程的日子。原本两天前我们就打算离开这儿，可载我们离开的卡车还不能走。我们旅行中的很多方面都进展得相当顺利，我们参观了博物馆和图书馆，增长了很多见识。其实真正有用的还是特略博士建立的考古人类学博物馆。在医学方面，我们遇见了佩谢医生，其他人都是他的学生，而关于麻风病，要研究出有价值的东西还有很长的路要走。秘鲁的实验室是由专科医生来管理的，因为这里没有生化技师。阿尔维托给了他们一些建议，让他们和布宜诺斯艾利斯的相关人员联系。我们和其中的两位相处得很融洽，第三位嘛，那就……阿尔维托自称为格拉纳多医生，说他是一位麻风病专家，他们本以为他是一位内科医生。所以当阿尔维托问那个傻瓜医生时，他说道："没有，我们这儿没有生化技师。正如法律禁止医生开药店一样，我们不允许药剂师参与到他们不懂的领域中来。"阿尔维托快要气炸了，我推推他提了个醒，他才息怒停瞋。

尽管看起来很简单朴素，但在利马发生的一些事情还是给我们留下了深刻印象，那就是麻风病院的病人们给我们准备了一个与众不同的告别方式。他们凑了100.5索尔给我们，还有一封深情的告别信。之后他们中的一些人还亲自过来向我们道别，流着眼泪感谢我们陪他们度过了短暂的时光。我们和他们握手，接受了他们的礼物，和他们坐下来听最后一次足球赛实况。如果说一定要找出我们愿意献身于麻风病事业的原因，那就是我们一路走来病人对待我们的真挚情感。

利马并没有继承一个总督之城的传统，但它的近郊居民区和新街道着实漂亮，也很宽敞。另外有趣的是哥伦比亚大使馆附近警察的数量，在整个街区中做保卫工作的警察和便衣竟然不少于50位。

离开利马的第一天可谓是平淡无奇。我们在前往拉奥罗亚的途中一路看风景，接下来的一夜都在赶路，黎明时我们到达了塞罗-德帕斯科。我们与贝塞拉兄弟俩结伴游玩，我们称他们为Cambalache[①]或简称坎巴。他们人很善良，尤其是那个大哥。之后便是一整天的车程，当车开到4853米的海拔最高处蒂克利奥时，我开始感到头疼和难受。下行到低处时，我的情况才有所好转。当我们穿过瓦努科到达廷戈玛丽亚的时候，卡车的前左轴报废

---

① Cambalache：在西班牙语中是"小古董或旧货摊"的意思。

了，幸运的是车轮卡在了泥地上没有翻车。当天晚上我们只能原地休息。晚上我需要给自己打一针肾上腺素，可祸不单行，注射器也坏了。

第二天卡车没再发生什么意外，而我的哮喘病还没有好转。那天阿尔维托略带忧郁地说今天是5月20日，是我们旅行半周年的纪念日，当晚好运就来了。这是我们想喝皮斯科酒的托词。喝到第三瓶时，阿尔维托晃晃悠悠地站了起来，把一直搂在怀里的小猴子放到一边，然后就消失在了我的眼前。坎巴弟弟又喝了半瓶，当场就倒头大睡了起来。

次日清晨，老板娘还呼呼大睡呢，我们就急匆匆地逃走了。因为我们还没有付账，坎巴兄弟两人把钱都花在了修轮轴上，兜里也没多少钱了。卡车行驶了一整天，直到看到军方设置的路障我们才停下来，设置路障的目的是禁止人们雨天开车。

接下来这一天，我们出发后不久又被路障拦了下来，到了晚上才允许我们通过。可当卡车到达了一个名叫内斯奎利亚的小镇上时，我们又被困在了那里，这一天的行程算是结束了。

又一天开始，依旧封路，所以我们跑到军营里要了点儿食物。到了下午我们才得以通行，车上多了一个受伤的士兵，他说可以帮我们顺利通过前方的层层路障。这个策略属实不赖：我们没走几千米就看到有卡车被拦了下来，而我们的卡车则一路畅行到普卡尔帕，那会儿天已经黑了。坎巴弟弟为我们支付了饭钱，我们喝了四瓶酒来道别，酒里包含着深情和永远的友谊。最后他还付了旅馆的住宿费让我们睡觉。

我们目前最主要的目标是去伊基托斯，为此我们想尽了办法。我们第一个想到的人是市长科恩。对他我们早有耳闻，听说他像犹太人一样精打细算，但是为人还不错。毋庸置疑他很吝啬，但他到底是不是个好人，还有待验证。他把我们交给了船运代理人，代理人又把我们扔给了船长。船长人很善良，他做出了让步，我们只需要花三等舱的价钱就能坐到头等舱。我们对这样的让步并不满足，后来我们去向营地指挥官寻求帮助，他说他做不了什么。后来我们又去找副指挥官，他把我们质问了一番（这暴露了他的愚蠢），之后同意帮助我们。

午后我们去乌卡亚利河游泳，这条河看起来挺像巴拉那河上游。我们恰巧碰到副指挥官，他说我们的运气就要来了：船长卖给他一个人情，答应只收我们三等舱的价钱，让我们坐到头等舱。这真是一个"大人情"啊！

我们游泳的河里有一种罕见的鱼，当地人把它叫作"布费奥"。传说它们生吞活人，强暴妇女，犯下了诸多恶行。但很显然，它们只是一种江豚而已。它们有很多奇怪的特征，比如它们的生殖器和女人的很像，所以印第安男人用它来解决生理问题。不过他们在完事儿之后必须杀了它们，因为江豚的生殖器在受到刺激后会紧缩，男人的命根子很可能有进无出。那天晚上我们又厚着脸皮去医院，希望同行们能给我们提供住宿。正如我们料想的那样，他们的态度非常冷漠，但我们的耐心请求打动了他们，不然我们很有可能被赶走。最终他们还是提供了两张床，让我们那快要散架的骨头得以休息一下。

顺着乌卡亚利河而下

　　背上行囊，我们看起来像极了探险家。我们登上"拉塞内帕号"小船，不久之后开始了航行。像船长之前承诺的那样，他让我们坐进了头等舱，我们很快同特权阶层打成了一片。船鸣了几声笛，缓缓起航，我们开始了前往圣巴勃罗的第二段旅程。普卡尔帕的房子已经完全消失在视野中，剩下的只有一整片未开采的原始丛林。人们渐渐离开船上的围栏，聚集在赌桌前。原本我们只是小心翼翼地上前观看，阿尔维托却心血来潮，玩了一把叫作"21点"的纸牌游戏，赢了90索尔，这个游戏很像我们的"7点半"游戏。这次的胜利招来了其他赌徒的厌恶，因为阿尔维托刚开始下注的时候只用了1索尔。

　　第一天我们并没有太多机会和其他乘客好好聊天，我们也有些拘束，没有参与到其他人的闲聊之中。船上的食物难吃得要命。夜里船并没有继续航行，因为河水太浅随时可能会搁浅。船上也没有什么蚊子，尽管他们说这是正常现象，但我们不是很相信，因为我们现在已经习惯了：人们解决问题时通常会夸大其词。

第二天一早船便出发了。这一天过得平淡无奇，我们只和一个看起来相当随意的女孩交了朋友，可能她觉得我们身上有点儿钱吧，虽然我们一提到钱就会哭穷。傍晚的时候船靠了岸，蚊子蜂拥而至，好像要证明它们的确存在的事实，整晚都在吸我们的血。阿尔维托用一块网布遮住了脸，整个身子裹在睡袋里，勉强睡了一会儿。但是我开始感到哮喘病要发作了，再加上蚊子的骚扰，我一整晚都没有合眼。虽然我已不记得那晚具体发生了什么事情，但是依旧记得屁股在蚊子们的光顾下肿得不像样子。第二天整整一天我都睡眼惺忪，不是在这个角落就是在别的角落打盹儿，还想在借来的吊床上眯一会儿。由于哮喘没有出现好转的迹象，我只好花钱买了哮喘药。这的确缓解了病痛。我们看着外面，浮想联翩，思绪穿越河岸进入丛林，那里面绿油油的好像有无尽的秘密。虽然我在哮喘和蚊子的折磨下有些抑郁，但是原始森林又让我们的灵魂能够任意遨游。

接下来的几天仍然平淡无奇。唯一的娱乐方式就是赌博，但我们又无法乐在其中，因为我们的口袋里没什么钱。后面的两天也是平平淡淡的。原本旅程只需要四天，奈何河水太浅，船每晚都得停下来，这不仅耽误了我们的行程，还让我们成了蚊子的大餐。虽然头等舱的食物相对好一些，蚊子也相对少一些，但我们不确定是否赚到了。我们更喜欢性格简单的水手，而头等舱的中产阶级，无论富裕与否，都太把自己当回事，根本不想搭理我们这样身无分文的流浪汉。他们同其他愚蠢无知的人相比没什么两样，只不过他们被人生中的小小胜利冲昏了头脑，态度傲慢，自视甚高，但是谈吐之中又尽是无聊和庸俗。虽然我严格控制了自己的饮食，但是我的哮喘还是加重了。

那位随和的姑娘很同情我可怜的身体，不经意地抚摸了我一下，却唤醒了我尘封已久的回忆。那是我旅行前的时候，一个晚上，我被蚊子叮得睡不着，想着齐齐娜。可现在她却变成了一场遥不可及、令人迷醉的梦，这个梦的结局留在我回忆中的甜美多于苦涩。像一个懂她和理解她的老朋友一样，我深情地亲吻了她。随后我的思绪又沿着公路飞到了马拉格纽，在那个灯火通明、歌舞升平的大厅里，齐齐娜可能正在对着她的追求者悄悄地说一些奇怪的话。

我的眼睛望向深邃的夜空，天上的星星开心地眨着眼睛，好像已经帮我回答了我内心深处的疑问："这一切都值得吗？"答案是肯定的。

接下来的两天没什么变化。乌卡亚利河和马拉尼翁河的汇合形成了世界上最强大的河流，除此之外也没什么出类拔萃的地方，只是两条泥河汇聚在了一起，河面宽了一点儿，水深了一点儿而已。我的肾上腺素药用完了，哮喘又变得严重起来，我只吃得下一点儿米饭，再喝点儿马黛茶。最后一天快到岸边的时候，我们碰上了暴风雨，这意味着船必须停下来。蚊子成群地向我们涌来，它们比以往来得更凶猛，好像知道我们即将上岸似的，加快了复仇的节奏。这一夜似乎特别漫长，充斥着疯狂的拍蚊声、烦躁不安的吼叫声、像毒药一样的没完没了的纸牌游戏和为了维持对话和消磨时间而发出的闲聊。早晨，大家都迫不及待地想要上岸，我则躺在一张吊床上。我似乎被施了魔法，内心有一股漩涡在缓缓展开，带着我飞向山巅或沉入深渊，但到底是上天还是入地，我什么也不记得了……阿尔维托非常用力地把我摇醒了，他说："Pelao①，我们到了。"河道变宽了，我们眼前是一个低平的城镇。高楼拔地而起，楼房四周都是丛林，被地上的土壤映得红红的。

那是一个星期天，我们到了伊基托斯。船早早地停靠在了码头

① Pelao：俚语，老家伙。

上，我们直接前往国际合作服务中心找他们的负责人。因为有一封给查韦斯·帕斯托医生的介绍信，可碰巧他不在伊基托斯。但那里的工作人员对我们非常热情，安排了一间黄热病病房给我们住，还给我们准备了医院的饭菜。我的哮喘病仍然没有好转，一天注射四针肾上腺素，但我还是一直气喘。

第二天情况还是很糟糕，我昏昏沉沉地躺在病床上，准确地说说是在"靠肾上腺素活着"。

接下来的一天，我逼迫自己严格控制早上的饮食，晚上也要稍微控制一下。我不吃白米饭了，这才稍微好转了一些。晚上，我们看了由英格丽·褒曼主演、罗塞利尼执导的电影《火山边缘之恋》，电影拍得挺糟糕的。

星期三对我们而言是一个相当重要的日子，因为我们被告知第二天就能走了。这几天因为哮喘病我一直躺在床上，哪儿都去不了，现在这个消息可把我们高兴坏了。

第二天一大早我们便收拾好了东西，整装待发。然而一天的时间过去了，我们依旧没有收到登船的消息，最后他们通知说时间改到了次日下午。

我们想着这船主这么懒，开船的时间只会晚不会早，所以我们睡得倒是很踏实。醒来之后便一路走到了图书馆，刚到那儿，服务中心的助理就万分焦急地跑过来告诉我们，"埃尔西斯内号"在11点30分就要开船了。那时已经11点5分了，我们迅速回去打包好行李，由于我的哮喘还没好，因此决定花半个秘鲁金币坐出租穿过8个街区。到了船上，我们发现船要到下午3点才开，虽然船长要求我们1点就要登船。我们不敢违背船长的命令，没有回医院吃午饭，但不管怎么说，我们也不可能回去了，因为我带走了医院借给我的注射器。我们和一个亚瓜族的印第安人吃了一顿又贵又难吃的午饭。他打扮得很奇怪，身穿红色草裙，脖子上挂着红草项链。他名叫本哈明，这是个常见的西班牙名字，但他几乎不会说西班牙语。他的左肩胛骨上有处枪疤，一看就是近距离射击造成的，他说是因为"vinganza"①才有了这个伤疤。

夜里到处都是蚊子，不断叮咬着我们肥肥嫩嫩的肉体。当我们得知船能从玛瑙斯开到委内瑞拉时，我们觉得这趟旅行赋予了我们另一层重要的心理意义。第二天过得平平静静的，我们白天尽可能地多睡觉，以弥补前一晚因为蚊子的叮咬而失去的睡眠。那天晚上1点多，我刚睡着就被叫醒了，他们说船已经到了圣巴勃罗，并且建议我们去找当地的医疗主管布雷希亚尼医生。医生非常开心地接待了我们，并且为我们准备好了一个睡觉的房间。

---

① vinganza：西班牙语和葡萄牙语的混合词，意思是"复仇"。

亲爱的爸爸

伊基托斯

1952年6月4日

　　美丽的河水两岸住满了居民。为了寻找到原始部落，我们沿着河的支流一路走向内陆，不过我们并没有打算完成这趟旅行。传染病已经消失不见了，不过为了以防万一，我们还是打了伤寒症和黄热病的疫苗，而且准备了大量的阿的平和奎宁片。

　　这里的许多疾病都是由新陈代谢紊乱引起的。丛林中的食物缺乏营养，人要是超过一个星期没有摄入维生素就会生大病。如果我们沿着河流继续前行，就会有很长一段时间吃不到合适的食物。我们现在还不确定去哪儿，先看看是否能乘飞机前往波哥大，如果不行的话，去莱吉萨莫也行。只要到了那儿，剩下的路就会好走很多。我们这样只是为了省钱，而不是怕走水路会遭遇危险，钱对我们来说是比较重要的。

我们准备离开可能随时会让我们感染病菌的医疗中心了。我们的旅行对于麻风病医院的医护人员来说，已经变得相当重要，他们对我们这两位"研究人员"的到来满怀敬意。我现在对麻风病的研究越来越感兴趣了，但是我也不清楚这种热情能维持多久。利马医院的病人向我们真诚地告别并鼓励我们继续前行，这是我们想继续研究下去的动力。他们送了我们一个野炊炉，还募集了100索尔送给我们。就他们的经济状况来说，这真是一笔巨额财富啊！有些人向我们道别的时候，眼里噙着泪水。他们很感激我们从来不穿防护服或戴手套，怎么对待别人就怎么对待他们。我们同他们握手，和他们坐在一起东聊西聊，还和他们一起踢足球。我们看起来可能有点儿故作勇敢，却能让这些可怜的人感受到一丝温暖。我们把他们当成普通人来对待，而不是像有些人一样把他们看成动物。这种心理上的鼓舞是无价之宝，而我们被感染的风险也是极低的。至今只有一位医护人员被感染，他是个卫生员，与病人们同吃同住。可能还有一个过度热情的修士也被感染过，但我不是很确定。

圣巴勃罗麻风村

接下来的一天是星期天，我们起床后准备去拜访麻风村。但是到那里我们需要坐船，而那天又不是工作日，所以我们打消了念头。于是我们拜访了麻风村的管理人员，她是一位看起来很有男子气概的修女，人们叫她阿尔维托修女。之后我们踢了场足球，不过那天我们的表现都不怎么样。还有，我的哮喘病开始有些好转了。

星期一，我们送了一大堆衣服去洗，接着去了麻风村的病人区。那里有600名病人各自住在充满丛林特色的茅屋中，他们可以干任何想干的事情，大家已经形成一个有着自己节奏和风格的组织了。那儿还有一位行政官员、一位法官和一位警察。布雷希亚尼医生德高望重，他负责协调村子里的各项事务，包括保护病人的权益，解决不同群体之间发生的纠纷。

星期二，我们又去了那里，陪同布雷希亚尼医生巡视麻风村，检查病人的神经系统。他已经建立了400名病人的档案，准备着手对麻风病人的神经系统进行更深入的研究。这的确是一项非常有趣的研究，因为这个地区的很多麻风病人的神经系统都遭到了破坏。事实上，我还没见到过没有出现此症状的病人。布雷希亚尼医生说索萨·利马医生对生活在麻风村的小孩很感兴趣，因为他们都表现出早期神经系统紊乱的迹象。

我们还去了正常人住的区域，那里生活着大约70个人，但那里缺少最基本的生活设施，比如电、冰箱和实验室。他们急需一台精良的显微镜、一台显微镜用薄片切片机和一位技术人员。当时是由一位名叫玛格丽塔的阿姨担任技术人员的，她人很好但是不够专业。这里还需要一个外科医生来治疗神经系统疾病和眼科疾病。有趣的是，这里虽然有普遍的神经系统问题，但很少有盲人，从这点我们或许可以得出：□□（原文无法辨别）可能与这有些关系，因为大部分人完全无法得到治疗。

星期三，我们又过来转了一圈，还钓了鱼、游了泳。到了晚上我同布雷希亚尼医生下棋聊天。阿尔法罗是一位牙医，人相当好，既随和又友善。星期四是麻风村的休息日，所以我们改变了路线，没有像往常一样拜访病人。早上我们去钓鱼，却空手而归。下午踢了一场足球，我表现得相当威风。星期五，我们再次拜访了麻风村，阿尔维托在那位和蔼的修女玛格丽塔的陪同下，留下来做细菌检查。我则在那里抓了两条当地人称为"莫塔"的鲶鱼，把其中一条送给了蒙托亚医生享用。

圣格瓦拉日

1952年6月14日，星期六，我转眼间已经是个24岁的小伙子了，跨过了将近四分之一个世纪。站在这个时间节点回首过去，总体来说，我的命运不算太差。早上我去河边，想看看还能不能再钓到鱼，但是钓鱼就像赌博，刚开始好运连连，到最后却总是输。下午我们去踢足球，我还是站在原来的位置——守门，这回比上次那场踢得好多了。晚上，布雷希亚尼医生做了一顿美味的盛宴，之后又在麻风村的食堂为我们举办了一个派对，我们畅饮了一番秘鲁国酒——皮斯科酒，阿尔维托曾喝这种酒喝到大醉。每个人都喝得微醺，兴致高涨。麻风村的负责人热情地向我们敬酒，我回敬了一下，还发表了一番讲话：

好吧，我觉得还是有必要先感谢一下布雷希亚尼医生。我和同伴现在四处漂泊，一无所有，我只能向大家表达我的谢意。我现在代表我的同伴，向麻风村的所有朋友们说声感谢。有些人与我们素昧平生，却毫不吝惜自己的善意，像过自己的生日一样来庆祝我的生日。我还想说，过几天我们就要离开秘鲁了，所以也想用这些话来道别。我真的很感谢生活在这片土地上的人们，自我们从塔克纳踏入秘鲁的那一刻起，你们就用无尽的热情感染了我们。

我还想说一些与今天的主题无关的内容。虽然我们无足轻重，成为不了某个伟大事业的发言人，但在这次旅行之后，我更加确信，分裂拉美国家完全是痴人说梦。我们都是梅斯蒂索族的一员，从墨西哥一直到麦哲伦海峡，我们都有着相同的血脉。现在，为了消除我那偏狭的地方主义，我提议，让我们为秘鲁、为拉丁美洲国家联盟喝上一杯！

我讲完之后掌声四起。派对嘛，当然要怎么喝醉怎么来，于是一直持续到了凌晨3点。

星期天早上我们参观了亚瓜部落，就是之前提到的身穿红草服饰的印第安人所在的部落。沿着一条小路走了半个小时之后，我们看到了一些茅草屋，有一户人家在那儿生活，这说明他们的部落也不是像谣言说的那样与世隔绝。他们的生活方式相当有趣，用木板和小小的棕榈叶建成密不透风的茅草屋，这样一来，即使晚上有成群结队的蚊子来袭，他们也能安然无恙。这里的小孩骨瘦如柴，肚子却都鼓得圆圆的。相比于生活在其他丛林里的成年人，这里的人没有显现出缺乏维生素的迹象。他们日常的食物有丝兰、香蕉和棕榈果，还有用猎枪打来的猎物。他们的牙齿差不多都坏掉了。他们说着自己的方言，但有一些人懂西班牙语。

下午我们去踢足球，尽管我守门守得不错，但还是让他们偷偷进了一球。晚上，阿尔维托因为急性肠胃炎把我叫了起来，后来确诊是右回肠腔出了问题。但是我那会儿太累了，根本没把他的疼痛当回事，所以我就建议他顺其自然，接着转身睡到天亮。

星期一是麻风村发放药品的日子。阿尔维托则由他那亲爱的玛格丽塔阿姨细心照料，她每四个小时便会虔诚地给他打上一针青霉素。布雷希亚尼医生告诉我，一会儿有一个运送动物的漂流筏到来，我们可以把那个大木筏的木板拆下来，给自己做一个小木筏。这个建议一下打开了我的思路，我们开始制订去玛瑙斯的计划。由于我的脚感染了，错过了下午的足球比赛，于是我便和布雷希亚尼医生天南海北地聊着，很晚才回去睡觉。

星期二早上，阿尔维托恢复如初，我们又来到病人区。蒙托亚医生正在给一个麻风病人的尺骨神经系统做手术，手术很成功，虽然他的技术还有待提高。下午我们在附近的盐水湖钓鱼，什么也没钓上来。回来的路上我决定游过亚马孙河，这花了我将近两个小时。蒙托亚医生没想到会等这么长时间，都快绝望了。当晚我们开了一场愉快的小型派对，最后却因为莱萨马·贝尔特先生而草草收场。他是一个幼稚、木讷的人，说不定还有些变态。这个喝醉的可怜男人，为没有人邀请他参加派对而愤怒不已，朝着大家骂骂咧咧的，直到有人朝他眼睛上揍了一下，还打了他一顿。这段小插曲让我们感到有些难受。虽然他是个同性恋，还很无聊，但对我们特别友好，给过我们每人10索尔，这让我的总资产达到了479索尔，阿尔维托达到了163.5索尔。

星期三的早上下雨了，所以我们没去病人区，这一天基本上啥也没干。我读了些加西亚·洛尔卡的书，然后去看了看绑在码头上的木筏。星期四早上，医护人员放假，蒙托亚医生带着我们去对岸采购食物。我们沿着亚马孙河的一条支流走着，买了木瓜、丝兰、玉米、鱼和蔗糖，这些都相当便宜。我们还钓了一会儿鱼，蒙托亚钓到了一条普通的鱼，我钓到了一条莫塔鱼。回来的时候，一阵强风把河水搅得不停涌动，波浪拍到小舟上的时候，船长岁赫尔·阿尔瓦雷斯吓得魂飞魄散。我提议由我来划船，但是他拒绝把船桨给我。我们就在河岸边等着，等一切风平浪静。下午3点我们才回到家。我们把鱼做了吃，但是我们完全没有吃饱。罗赫尔给我们每人送了一件衬衫，又给我送了一条裤子，这让我备受感动。

再做好一副船桨，木筏就完工了。那天晚上，麻风村的病人聚集在一起，为我们唱送行的曲子。还有一个盲人唱了许多当地民歌，长笛手、吉他手、一个几乎没有手指的手风琴演奏者为其伴奏。还有一个"全能"的人，用萨克斯、吉他和打击乐器为我们助兴。之后便是演讲的时刻。四个病人使出了浑身解数，但到最后还是有些怯场。他们之中有一个人紧张到僵在那里，无法继续说下去，最后拼命地喊道："为两个医生欢呼三声吧！"接下来，阿尔维托对他们的热情表示了衷心的感谢，还说秘鲁的自然景色虽美，但是比不上此刻他们的心灵美。他被深深地感动了，无法用语言表达，除非……讲到这里，他张开双臂，用庇隆式的手势和声调慷慨激昂地说："我要感谢你们每一个人！"

病人们解开岸上的绳索，唱起了乡村小调，载着他们的船渐渐驶离了岸边。船上的灯笼发出微弱的光，映得那些人像幽灵一样。我们去布雷希亚尼医生那儿小酌了几杯，聊了一会儿天，之后便上床睡觉了。

星期五是我们离开的日了，所以早上去麻风村同他们告别，拍了几张照片，还拿回来了蒙托亚医生送的两个优质菠萝。我们洗完澡后吃了一顿饭，接近下午3点的时候，我们和他们进行最后一次道别。3点30分，被我们命名为"曼波–探戈号"的小木筏载着我们俩、布雷希亚尼医生、阿尔法罗和帮我们造筏子的查韦斯，一起出发了。

他们只把我俩送到河中央就回去了，留下我俩继续奋争。

小木筏的首次航行

两三只蚊子根本不可能打扰我的睡意，没过几分钟我的睡意就打败了蚊子。可这也是一场空欢喜，阿尔维托的嗓音把我从美梦的边缘拉了回来。向河的左岸望去，我们看到了小镇上微弱的灯光，从外表一看便知是莱蒂西亚。接下来有一项艰巨的任务，就是把船划到有灯火的地方，但划的时候我们遇到了麻烦：快到岸边的时候，小木筏怎么都不肯再向前去，非要往河中央跑。我们费尽全力，刚感觉有了起色，小木筏就扭过头，再次往河中央跑。我们绝望地看着岸上的灯火，它慢慢地消失在我们的视线中。我们疲惫不堪，觉得至少能战胜蚊子的骚扰了，于是决定先舒舒服服地睡到天亮，到时候再另做打算。前路漫漫，如果继续顺流而下，那就只能一路划到玛瑙斯。据可靠消息称，到那里的路途还相当遥远，大概要航行10天。由于前一天的事故，我们失去了钓鱼用的钩子，生活必需品也不够用了。还有，我们无法确信我们想靠岸的时候就能靠岸。更别提我们没有入境的相关证件就要进入巴西，也不会说那里的语言……但是这些烦恼并没有困扰我们太久，因为不一会儿我们再次进入了甜美梦乡。第二天，阳光叫醒了我，我爬出蚊帐看看我们漂到了哪里。我们到了一个特别糟糕的地方。我们的小木筏停在了河右岸，静静地停在小码头上，这个小码头应该是属于旁边那座房子的。因为蚊子太多且正跃跃欲试地要对我发起进攻，所以我决定过一会儿再出来看看情况。阿尔维托睡得很香，我也想像他一样再多睡一会儿。病恹恹的疲惫和精疲力竭席卷了我的全身，我觉得我无法再做任何决定，却坚持认为，无论发生多么糟糕的事情，我们都要相信自己可以解决。

亲爱的妈妈

哥伦比亚，波哥大

1952年7月6日

亲爱的妈妈：

　　在我写这封信的时候，我离委内瑞拉又近了几千米，兜里的钱也所剩无几。首先，祝您生日快乐！我希望您是在欢笑与家人的陪伴下度过这重要的一天的。我还是长话短说吧，自从我们离开伊基托斯以后，基本上是按照计划来旅行的。在蚊子的陪伴之下，我们走了两个晚上的夜路，最终在黎明时分到达了圣巴勃罗麻风村，在那儿好好休整了一番。那里的医疗主管是个了不起的家伙，他很快就喜欢上了我们。我们和整个麻风村的人相处得都很好，只是修女们总质问我们为什么不去教堂做弥撒。她们管理着整个麻风村，谁要是不做弥撒，就要被克扣粮食供应（我们的粮食都被扣光了，但是这里的小孩会每天帮我们弄来一些食物）。除了这个小小的冷战，我们的生活还是很愉快的。在6月14日那天，他们为我举办了一场派对，我们在派对上喝了许多当地的皮斯科酒。这是一种杜松子酒，能让人醉得飘飘欲仙。麻风村主管向我们敬了酒，我趁着酒兴，发表了一场典型的泛美洲国家独立演讲，无论是喝醉的还是没有喝醉的听众都报以热烈的掌声。我们比计划好的时间多停留了些许时日，但最终还是离开这里前往哥伦比亚了。在那儿的最后一天晚上，来自麻风村的病人划着筏子来与我们道别，他们站在码头上为我们送行，他们说的话让我们相当感动。自以为是庇隆后裔的阿尔维托，说了一番感人、煽情的话，却惹得大家捧腹大笑。这些也算是我的旅途中最有趣的经历之一。一位几乎没有手指的演奏者，用绑在他手腕上的小棍子演奏乐曲。歌手是一位盲人。由于麻风病侵入神经系统的情况在当地非常普遍，他们所有人几乎都有一些残疾。岸上的灯光在河面上影影绰绰，很像是恐怖电影里的场景。这个地方真的很有趣，周围遍布丛林，1000米之外还有当地的土著部落（当然，我们参观了那里），还有鱼、丛林里的猎物，以及数不尽的埋藏着的财富。我们幻想着沿这条河穿过马托格罗索，从巴拉圭到亚马孙河，一路上救死扶伤……当地居民为我们做了一条奢华的木筏，我们顺流而下，像极了真正的探险者。第一天算是一路顺风，但是到了晚上，原计划轮流守夜的我们，却都呼呼大睡了起来，幸好他们送的蚊帐挡住了蚊子的偷袭。第二天早上醒来，我们发现木筏搁浅在河岸上了。

我们狼吞虎咽地吃着饭，那一天过得很开心。我们决定轮流值岗一个小时，这样做是为了避免遭遇不测，因为黄昏时分的河水把我们推向了岸边，我们的木筏差点儿被隐藏的树枝弄翻。我在值班的时候犯了一个错误，不小心把用来吃的母鸡弄到了河里，湍急的水流瞬间将其带走了。尽管我在圣巴勃罗时也曾游过如此宽阔的河流，但这一次我连跳进河里的勇气都没有，原因是短吻鳄时不时地浮出水面，而且我还没有克服夜晚下水的恐惧。如果您在场的话，一定会把那只鸡救上来，我猜安娜·玛丽亚也会这么做，因为你们没有像我这样可笑的夜晚恐惧症。

我们钓到了一条硕大的鱼，费了好大力气才把它拖上木筏。我们轮班站岗到天亮。靠岸之后，我们把木筏拴在了岸边，接着爬进蚊帐以抵御蚊子的侵袭，这儿的蚊子着实凶悍无比。与鸡肉相比，阿尔维托更喜欢吃鱼肉，但一觉醒来，却发现夜里带饵的鱼钩少了两个，这让他很是恼怒。我们停靠的地方刚好有一座房子，我们准备打听一下这儿离莱蒂西亚还有多远。房主用标准的葡萄牙语说，去莱蒂西亚需要逆流而上，大概需要七个小时。他还说我们已经到了巴西境内。我和阿尔维托争论到底是谁在站岗的时候睡着了，争得面红耳赤。我们给了房主一条鱼和四千克菠萝，菠萝是麻风村的病人朋友送给我们的。我们在他那儿过了夜。次日一早，他带我们原路返回。回去的旅程很快，但也是个累活，因为我们最少要在木筏上划七个小时，这木筏划起来还并不顺手。在莱蒂西亚的警察局，我们解决了吃住问题。我们没有买到半价机票，只好支付130哥伦比亚比索买了两张机票，还要另付15哥伦比亚比索行李超重的费用，算起来相当于花费了1500阿根廷比索。这天唯一的开心事儿是一支足球队邀请我们当教练。飞机两个星期一班，这段时间也没有什么事儿可做。起初，我们仅打算把他们训练到不当众出丑就行，但他们实在踢得太糟糕，于是我们决定参加比赛。令人惊讶的是，这支被认为是最弱的球队却改写了各球队的排名情况，并最终进入了总决赛，后来因为一个罚球而与冠军失之交臂。阿尔维托球技过人，带球过人的技术颇有佩德内拉[①]的影子，人送外号"佩德内里塔"。我扑住了一个点球，我想这也许可以载入莱蒂西亚的

---

① 佩德内拉：阿根廷足球运动员。

史册吧。之后的庆典本来很顺利，但在他们演奏哥伦比亚国歌的时候，我恰巧去擦膝盖上的血迹，一位上校看到之后朝我愤怒地吼叫。我差点儿没忍住想骂回去，但转念一想，为了接下来的旅行，我还是打碎牙往肚里咽吧。飞往波哥大的飞机一路颠簸，我们感觉好像身处鸡尾酒摇酒器。阿尔维托与同行的乘客聊天，讲述了我们飞越大西洋时的一次惊心动魄的旅程。那次我们到巴黎参加国际麻风病大会，飞机上的四个引擎不巧坏了三个，如果再多耽搁一分钟我们就可能会坠入大海。他最后总结道："说实话，道格拉斯公司的这些飞机……"他的描述让大家仿佛身临其境，连我听了都感到一阵后怕。

我们感觉已经环游世界两圈了。在波哥大过的第一天相当不错，我们在大学里找到了食物，但是没有地方住，因为宿舍里都住满了学生。这些来此学习的学生都获得了联合国的奖学金，当然，学生里没有一个阿根廷人。子夜1点之后，我们才在一家医院里找到"住处"，所谓"住处"，不过是一把躺椅而已。我们虽然没有穷到山穷水尽的地步，但是作为经历丰富和光荣的旅行者，我们不允许自己享受旅馆里的舒适。后来麻风病院接待了我们，他们第一天对我们的业务能力有所怀疑，因为我们带来的秘鲁医生佩谢的引荐信里满是溢美之词。佩谢的地位就像卢斯多①在球队里的位置一样，十分显赫。阿尔维托在他们的眼皮底下拿出了各种各样的证书，他们还没反应过来，我又告诉他们我会治疗过敏症，弄得他们应接不暇，手忙脚乱。结果还用说吗？他们愿意提供两份工作给我们。我并没有打算接受，但是阿尔维托出于多方面的原因，准备考虑考虑。我用罗伯特的刀子在街道的路面上刻字，结果引来了警察的野蛮干涉，我们和警察吵了起来。后来阿尔维托和我达成了一致，决定尽快离开这里，一起前往委内瑞拉。所以在您看到这封信的时候，我们已经准备出发了。如果您想给我写信的话，就把信寄到哥伦比亚北桑坦德的库库塔，或者寄快件到波哥大。明天我要离开这里去观看百万富翁队与皇家马德里队的足球比赛，我们只买到最便宜的看台票，要知道，我们的同胞可比部长还难缠。哥伦比亚比我们去的任何国家都更限制人身自由，持枪的警察在街上巡逻，每隔几分钟就有人来查看我们的证件。他们检查有些证件的时候都拿反了，显然没有认真看。这里的时局紧张动荡，好像有人正在酝酿一场革命来推翻执政党。乡村地区的人们公然造反，政府军队却无力镇压。保守派内部互相争斗，无法达成共识。1948年4月9日②

---

① 卢斯多：阿根廷足球运动员。

② 哥伦比亚自由党激进派政治家豪尔赫·埃列塞尔·盖坦遇刺日。

的流血事件让人印象深刻。总而言之，这里让人感到窒息。如果哥伦比亚人民能够容忍这一切，那就祝他们好运吧，但是我们会尽快离开这里。显然阿尔维托非常有机会在加拉加斯找到工作。

我真的希望有人能写信告诉我您过得怎么样，哪怕只是几行字也好。您无须通过贝阿特丽丝或其他途径来打听我的情况（因为我没有给她回信，我们计划在每个城市只寄一封信，这也是为什么我把寄给阿尔弗雷迪托·加韦拉的明信片也装在这个信封里）。

从头到脚都思念您的儿子，给您附上一个大大的拥抱，我希望咱家老爷子能亲自到消费水平不低，但是工资也高得多的委内瑞拉去，那里应该很适合他这样的吝啬鬼吧！另外，不知道他在委内瑞拉快乐地生活上一段时间，还会不会一心向着他的山姆大叔。不过我们还是别高兴得太早了，爸爸是能听出弦外之音的。再见啦！

前往加拉加斯的道路

在一番毫无必要的询问之后，海关人员又把我们的护照粗暴地瞎翻了几下。他们像审问犯人似的打量着我们，那种较真的态度简直和警察不相上下，最后终于在我们的护照上加盖了一个特大的出发日期：7月14日。接着我们出了海关，走上了一座大桥，这座桥是两国的分界线，但也是它把两国连接了起来。一个委内瑞拉士兵把我们拦了下来，他像哥伦比亚士兵一样傲慢无礼，似乎所有的军队都是这个德行。他检查我们的行李，并抓住时机亲自审问我们，提醒我们正在和一个"位高权重"的人说话。在塔齐拉的圣安东尼奥，我们被扣留了好长一段时间，但这是官方的正常流程。后来一位小货车司机同意把我们带到圣克里斯托瓦尔，于是我们开始了新的旅程。半路上遇到一个海关检查站，警察把我们的行李彻查了一遍，把身子上下也搜了个遍。在波哥大惹了不少麻烦的刀子，又一次给我们惹来麻烦，工作人员对我们进行了长时间的询问。与这种"有涵养"的人打交道，我们算是游刃有余了。我把左轮手枪藏到了皮夹克里层的口袋中，由此得以蒙混过关。他们之所以不检查里面，是因为衣服与一堆臭气熏天的东西放在一起，海关人员闻到那股臭味便不愿再检查。我们费尽心思才保住的刀子现在又有了新的麻烦，因为在前往加拉加斯的道路上布满了检查站，我们不得不绞尽脑汁，编出各种理由来搪塞他们。两个边境小镇的路况很好，尤其是委内瑞拉这边，这让我想起了科尔多瓦周围的多山地区。总的来说，委内瑞拉看起来要比哥伦比亚繁华得多。

一到圣克里斯托瓦尔，我们就和运输公司的几个老板争论了起来，因为我们只想用最省钱的方式旅行。但我们有史以来第一次被他人说服了，我们决定不坐大巴而改乘小货车，因为乘坐大巴要花三天时间，而小货车只需要两天。我们想尽快上路并且治疗我的哮喘，所以决定多花20玻利瓦尔，就当是给加拉加斯做一份贡献吧！车到傍晚才出发，为了打发时间，我们在附近的街区闲逛，并在附近一座很棒的图书馆里读了一会儿关于委内瑞拉的书。

到了晚上11点，我们一路北上，车在柏油马路上奔驰着。三个人勉强能挤挤的位子，现在硬是多坐了四个人，当然没办法睡觉了。比这更糟糕的是车胎在路上爆了，我们花了一个小时的时间才修好，而且我的哮喘病在此期间也一直不消停。我们在山谷里看到的植物和哥伦比亚的一样。小货车终于爬上了山顶，那里的植被很稀疏。路况很差，导致爆胎时常出现，第二天也出现了好几次这样的情况。路上有警察设置关卡，检查所有过往的车辆。我们又一次陷入了窘境，因为我们没有介绍信。幸亏司机说行李都是同车的一位妇女的，凭着她的介绍信，我们才得以蒙混过关。路上的饭价也涨了，原本一顿饭只需要1玻利瓦尔，现在却要3.5玻利瓦尔。我们打算尽可能地把钱省下来，所以到了阿吉拉角的休息站，我们决定饿着肚皮。司机看到后不忍心，好心请我们吃了一顿。阿吉拉角海拔4108米，是安第斯山脉在委内瑞拉境内的最高点。我服用了仅剩的两片哮喘药，这让我可以挨过一晚。天亮的时候，已经两天两夜没有合眼的司机停下来睡了一个小时。我们希望当晚就可以到达目的地，但是轮胎又一次爆了，打碎了我们的希望。再加上车上的电路也出现了问题，导致电池无法正常充电，因此司机不得不停下来修理。这里已经算是热带地区，路边到处都是香蕉，还有猖獗的蚊子。在最后一段路上，我迷迷糊糊地打着盹儿，借此来缓解哮喘。这是一段用沥青铺得很平整的道路，路边的风景很秀丽（当时天色已晚）。当车子到达目的地的时候，天空电闪雷鸣。我拖着疲惫不堪的身躯，躺在租金为0.5玻利瓦尔的床上，阿尔维托为我注射了一剂肾上腺素后，我便倒头大睡了。

这奇怪的 20 世纪

哗喘最难熬的时候已经过去，我感觉好多了，尽管我还时不时地要依靠新添置的家当——一台法国制造的人工呼吸器。阿尔维托离开得太突然，我觉得像是两翼遭受了假想敌的攻击，却没有人和我一起战斗。每次当我想到点儿什么，准备转头告诉他时，却发现只有孤零零的我自己。

的确，这里真没有太多可抱怨的东西：享受了周到的服务、美味的食物之后，我可以回家继续学业、获得学位，接着便可以行医治病。然而，一想到即将要与阿尔维托分离，伤感就涌上心头。这几个月我们一路携手同行、有福同享、患难与共，朝着一个方向共同努力，早已紧密地连接在一起了。这些想法在我的脑海里来回打转，我忘了自己身在何处，回过神来，发现已远离加拉加斯市中心了。郊区的房子彼此相距较远。加拉加斯沿着狭长的山谷伸展，城市凭谷而建，不一会儿便能爬上两边的山顶。看着脚下的这座城市，你会开始领略它那多姿多彩的新面貌。新兴的奴隶人种——葡萄牙人正在逐步占领原属黑人的领土，于是这两个古老的种族之间便产生了重重矛盾，争吵和纠纷一直接连不断。

在这样的高海拔地区，混凝土房子已经消失不见，剩下的只有土砖小屋。我仔细观察了其中一个。这个小屋里面一分为二，屋里有炉灶，旁边放着一张桌子，地上铺着一堆稻草，想来这稻草应该就是他们睡觉的床了。三个光溜溜的黑人小孩同几只骨瘦如柴的猫和一条脏兮兮的狗玩耍嬉戏。炉灶中排出的刺鼻烟雾充斥了整个房间。黑人母亲正在做饭，她头发卷曲、乳房下垂。旁边有一个15岁左右的小女孩在帮忙，小女孩穿着衣服。我站在门口和他们交谈，过了一会儿想让他们摆个姿势让我拍张照片，他们直截了当地拒绝了我的请求，除非我当场把照片交给他们。我向他们解释，拍完之后需要先洗照片，但说这些无济于事，他们非当场拿到照片不可。最后我答应了他们的这一要求，但是他们已经心生怀疑，不再想拍照了。当我和屋里的人继续聊天时，一个小孩跑出来与他的朋友玩耍。最后，我站在门口，手握相机，假装给探出头的人拍照。僵持了一会儿之后，我看到一个小孩骑着一辆自行车无忧无虑地过来了，于是我赶紧按下快门，但后来发生的事情非常糟糕。这个小孩为了躲避镜头，突然转动车把，结果摔到了地上，开始号啕大哭起来。屋里的人瞬间忘却了对照相机的恐惧，冲出来对我恶语相向。我惊慌不已，准备逃离这里。他们都是投掷石子的好手，一群人在我身后高声辱骂，其中包括一个最侮辱人的词："葡萄牙鬼子！"

路的两边放着之前用来运输汽车的集装箱，现在都已经废弃了，被葡萄牙人当作住所。其中一个集装箱里生活着一家黑人，我看到里面有一台新的冰箱。很多集装箱里都传出收音机播放的刺耳音乐，屋里的主人好像都把收音机的音量调到了最大。崭新的汽车停在破破烂烂的"房子"门口。头顶上飞过各式各样的飞机，留下轰鸣声与银色的身影，而我的脚下，便是四季如春的加拉加斯。城市的中心满是平顶的现代建筑和红瓦的房屋。但殖民时期的淡黄色建筑将继续存在下去，尽管我们已经无法从地图上找到它们：它们象征着一种精神，这种精神让人们不受北部生活方式的侵蚀，一直坚守着殖民时期的半农耕生活。

页边上的笔记

星星划过夜空，照亮了小山村。万籁无声，夜凉如水，黑暗渐渐消散。我找不到恰当的语言来形容这种感觉，似乎天地与我并生，而万物与我为一，把陷入沉思的我们一同融入了这广袤无垠的夜色里。夜空中没有一朵云彩，万点繁星在天上闪烁。几米之外的路灯散出朦胧的光，好像也慢慢融进了这夜色之中。

一个男人出现在夜色之中，他的脸在阴影中看起来模模糊糊。我只能看到他眼中映射出来的亮光，还有他那洁白的四颗门牙。

我至今都没有搞清楚，究竟是当时的氛围还是这个人的人格影响了我，让我准备好接受启示。我听许多人讲过同样的话，但之前都没有在意。事实上，他们的谈论对象是个有趣的家伙。当他还是一个年轻小伙子的时候，为了躲避教条主义的迫害，他逃离了欧洲，尝够了恐惧的滋味（他的经历能让你明白生命的可贵）。之后他游历各国，历经千难万险，直到他定居在这片与世隔绝的土地上，耐心等待命运结局的到来。

在进行了一些空洞和陈词滥调的交谈后，我们中止了谈话。我们准备分道扬镳时，他爆发出了如孩童般天真的大笑，四颗门牙显得更加不对称：

无论在这里还是其他国家，未来终归是属于人民的。无论是历经漫长的岁月，还是在须臾之间，他们终将掌握自己的权利。

现在急需解决的是人民的教育问题，但他们只有在掌权之后才能接受教育。他们只能吸取自己所犯错误的教训，这些代价往往是惨痛的，甚至会牺牲很多无辜的生命。或许，他们算不上什么无辜者，因为他们犯过罪恶，违背天道。也就是说，他们无法适应环境的变化。那些不知变通的人，比如你和我，起初为创建新的政权做出巨大牺牲，却在临死之际咒骂它。革命是无情的，它会剥夺他人的生命，甚至利用他人的记忆作为例证，来教化追随它的年轻人。我罪孽深重，因为我诡计多端、经验老到，你爱怎么说都行。我将死才明白，自己的牺牲源自顽固的、腐朽的、溃败的文明。我还清楚的是，这并不会改变历史的进程，或是改变你对我的看法。你会在死亡的那一刻紧握拳头、咬紧牙关，心里充满仇恨与抗争，因为你无法成为一个象征（某个毫无生气的模范），而是一个有着血肉之躯的实实在在的个人。你常把蜜蜂筑巢时的团结精神挂在嘴边，这也激励了你的行动。你和我同样有用，只是你并不清楚，你对社会做出了多大的贡献，为它牺牲了多少。

　　当他在预言历史的时候，我看着他的牙齿，看着他的傻笑。我觉得他的握手和与我的正式告别，像是来自远方的低语。晚上，我的脑海里再次出现白天交谈的话语，黑暗包裹在我的四周，再一次把我淹没。尽管他说的话有些道理，可我现在明白……当伟大的指导思想将人类分成两个敌对的阵营时，我将与人民同在。我看见了刻在天空中的话：我是信念的虚伪折中派和教条的精神分析师。我会像着了魔似的号叫，袭击敌人的路障和战壕，拿起沾满鲜血的武器，仰天长啸，彻底击败面前的敌人。我还看到，之后的精疲力竭会耗尽我的斗志，我看到自己为了一场真正的革命而牺牲。我明白，这都是我咎由自取的。那时我的嗅觉将会变得灵敏，我会尽情吮吸火药与血的味道，还有敌人尸体的腐烂味道。我将武装自己，准备战斗，让自己变成一座圣殿。这里充满了无产阶级的力量和新生的希望，以及他们发出的野兽般的吼叫。

附录：面向医科学生的演讲

环境的产物

1960年8月20日

众所周知，许多年前我还是一个医生。当我最开始学医的时候，甚至到我开始从事医生这一职业时，我如今脑海中的大多数革命思想都还未成形。

所有人都渴望成功，我当然也不例外。我曾梦想自己以后成为一名著名的医学研究人员。我曾梦想自己废寝忘食地工作，做出一番成绩，造福人民。这同时也是个人的成功。当然，我同大家一样，都是环境的产物。

由于自己的特殊生活环境，可能还有个性使然，在获得医学学位之后，我开始游历拉丁美洲，并对其有了更加清晰的了解。除了海地和多米尼加共和国，我用这样或那样的方式，游历了其他的所有拉美国家。旅行刚开始的时候，我还是一个医科学生，再后来我已成了一名医生。旅途之中，我开始切身体会贫穷、饥饿和疾病，目睹了由于医疗资源的匮乏，儿童的疾病得不到有效的治疗；还看到在经历了常年的饥饿和刑罚之后，麻木的父母连失去孩子也觉得无关紧要。这样的事情都发生在拉美国家的底层穷苦人民之中。从那个时候开始，我意识到我要去做一些不一样的事情，这些事情与成为一名著名的研究人员或是为医药科学做出巨大贡献一样重要，那就是去帮助穷苦的底层人民。

但是，我还是和大家一样，同为环境的产物。我希望通过自己的努力去帮助他们。我游历过很多地方，比如民主选举的总统哈科沃·阿本斯领导下的危地马拉。我也开始记录一些东西，告诫自己要做一个具有革命精神的医生，要注意自己的言行举止。我开始探究，成为一名具备革命精神的医生需要具备哪些素质。

袭击还是发生了。以下就是（1954年）危地马拉政变的幕后主使：联合水果公司、美国国务院和（美国中情局局长）福斯特·杜勒斯，还有（他们用来取代阿本斯的）傀儡总统卡斯蒂略·阿马斯，这些人实际上都沆瀣一气。他们的诡计最后成功了，因为当时的危地马拉人民不够成熟，比不上如今的古巴人民。一个风和日丽的日子，同很多人一样，我从危地马拉开启了流放之旅，踏上了流放之路，或者至少可以说是逃亡，毕竟危地马拉不是我的祖国。

接着我意识到了事情的本质：要成为一名具有革命精神的医生，或者说是一名革命者，首先要发动一场革命才行。如果你孤身一人在拉丁美洲的某个角落反抗敌对政府，你的努力、牺牲和崇高的理想都是没有意义的。一场革命所需要的，就是古巴现在拥有的条件：全民动员。人民已经学会了如何使用武器、如何在斗争中团结起来，也懂得了武器的价值和团结的重要性。

现在我们便来谈谈摆在我们面前的问题的关键。我们有权利，甚至可以说有义务，成为一名为了革命事业而奋斗的医生，用自己的专业技术为革命服务、为人民服务。接下来让我们回到之前的问题：人们该如何有效地为社会福利而工作呢？该如何协调个人努力与社会需求之间的关系呢？

作为医生或其他医疗工作者，我们得勿忘初心，回忆一下我们在革命之前的生活状况和那个时候的所思所想。在回忆的时候，我们应该带着热情进行深刻批判。那么我们就会得出这样的结论：我们应该把过去那个时代的一切思考和感受归档搁置，我们如今需要培养新时代的人。如果每个人都能像建筑师一样去建造自己心中那个新时代的人，那么培养出新时代的人民——能够代表新古巴的人民——就会容易得多。

对于在场的各位哈瓦那居民来说，理解这一观念是有好处的：在古巴，新兴的人正在被创造出来。也许他们无法被首都人民全面接受，但他们已经出现在这个国家的各个角落。在座各位中的有些人在7月26日到过马埃斯特腊山，一定目睹了一些令人震惊的场景……你一定看到了一些体型像是七八岁的孩子，实际上却已经十三四岁。他们都是马埃斯特腊山的亲生骨肉，也是饥饿和贫穷的亲生骨肉。

在古巴这样的小国，已经有了四五个电视频道、上百个广播电台，还有先进的现代科学。有天晚上，一群孩子来到学校，因为是生平第一次见到电灯，他们激动地说那是星星降落到了大地。你们其中的一些人肯定见到过这些孩子，他们现在就读于集体学校，他们从学习字母开始，再到学习职业技能，直到去学习成为革命者的高深思想。

他们就是古巴新生的一代。他们出生于穷乡僻壤，出生于偏远的马埃斯特腊山区，出生于合作社和工厂。

上面所说的都与我今天演讲的主题有关：作为医生和其他医疗工作者，我们都应该投身到这场革命浪潮中去。因为革命的任务是培养和教育孩子们，还有培养军队和均分土地。农民们每日耕田劳作，粮食却不能到自己手里。这些革命任务是古巴完成的改善社会的最伟大的贡献。

要战胜疾病应该先练就强健的体魄，不是通过医生的技艺来治疗某个生病的器官，而是通过集体的力量，尤其是全社会的力量来练就强健的体魄。

在将来，医学会成为一门用来预防疾病的科学，一门引领公众承担起医疗责任的科学。在我们所创造出的新社会中，医学只有在极端紧急的情况下才会介入，诸如进行外科手术或治疗疑难杂症……每个人的参与是完成医疗组织的任务，甚至是所有的革命任务最重要的条件。革命不是像某些人宣称的那样，是集体意志的统一，是集体积极性的统一。正相反，革命是对个人力量的解放。

革命要做的是引导这种能力。而我们当今的任务则是，让各行各业中的翘楚们都来研究治疗社会的良药。

旧的时代即将结束，不仅古巴如此，其他的地方也是如此。尽管很多人不同意这一点，尽管有些人还心存幻想，但我们所知道的资本主义形式——既养育我们也让我们遭受苦难的资本主义的形式，正在这个世界上分化瓦解。垄断的局势正在瓦解。集体科学每天都在取得重大的成就。我们感到自豪，我们有自我牺牲的责任，成为前不久开始的拉丁美洲解放运动的先驱，成为饱受压迫的亚非大陆上解放运动的先驱。这是一场深刻的社会变革，它需要人们在思想上做出深刻的转变。

那些脱离社会环境的个人主义，必须要在古巴彻底消除。未来的个人主义应当让每个人尽其所能，应当让群体获益良多。尽管大家都明白这些道理，我今天所说的大家也都能理解，每个人也都愿意思考当下之世界，愿意回顾过去、展望未来，但是转变思考方式需要自身内在深刻的变革，这样才能变革外部环境，尤其是变革这个社会。

如今，古巴每一天都在发生变革。要了解发生在这里的变革，了解人们内心积蓄的力量，了解沉睡已久的力量，你就需要走访这里兴建的合作社和工厂。如果你想找到解决问题的关键，就不仅只是知道或参观这些地方，而是要深入到群众中去——那些在合作社和工厂中工作的人。你们需要走近他们，看看他们都得的是什么病，了解他们的疾苦，知道他们这些年来经历的贫苦生活，源于长达几个世纪的压迫和剥削。看到这些之后，医生和医疗工作者应该明晓新时代的工作重心，即融入群众中去，成为他们中的一员。

无论世界发生什么变化，医生的工作总是非常重要、不可替代的，总在社会生活中承担着相当大的责任。因为他们总是需要密切接触病人，深刻理解病人的心理状况，了解病人的痛苦并帮助他们走出痛苦。

在几个月以前，哈瓦那发生了一件事儿。一群刚刚获得医师资格的学生，不愿意去乡下工作，除非另付他们额外的薪水。要是在过去，发生这样的事儿是非常合理的。至少对于我来说是这样，我是能够理解的。在我的印象中，大家过去都是这么想的，几年之前也都是如此。这就像是角斗士的斗争，他们孤军奋战，只为了博得一个美好的未来、更好的生活条件和社会的认同。

这些学生的家庭大多能够负担他们几年的学费。他们完成学业，开始从事医学工作。但如果不是这些人，而是两三百个农民像变魔术似的从学校毕业走向社会，那又会怎么样呢？

答案显而易见，他们会带着极大的热情回到自己的家乡，用所学的知识照料他们的兄弟姐妹。他们会拼命工作，来证明这些年的辛苦学习没有白费。再过六七年，这些都会实现，这些具有新思想的学生，即工人阶级和农民阶级的孩子，都能获得各行各业的职业等级证书。

但是我们不应该带着宿命论的眼光来看未来，把人划分成工人阶级的后代、农民阶级的后代，或者是反革命分子的后代。这种划分过于简化，也与事实不符。没有什么比生活在革命中更能造就一个让人尊敬的人。

我们当中的第一批人到达了格拉玛省，并在马埃斯特腊山定居了，他们学会了尊重农民和工人，与农民和工人一起生活——但我们当中没有人当过农民或工人。当然，有些人在小时候就不得不参加工作，也经历过捉襟见肘的日子。但是饥饿，真正的饥饿，我们却都不曾经历过。我们开始认识到饥饿，是在马埃斯特腊山度过的那漫长的两年之中，并且也极为短暂。从那之后，很多事情就变得更加清晰明了……我们明白了一个人的生命比最富有者的所有财产还贵重百万倍。虽然我们不是工人或者农民的后代，但是我们还是学到了这些。我们凭什么说自己是有特权的人呢？凭什么说学习对于古巴的其他人是不可能的呢？他们当然会学习。事实上，当下的革命需要他们去学习，需要让他们明白为人民服务比获得丰厚的薪水更加重要，要让他们因为为人民服务而自豪，要让他们明白人民的感激要比一个人积攒的金银珠宝更加持久和永恒。每一位医生都应该在各自擅长的领域积攒这样的财富，即人民的感激。

我们应该摒弃旧有的那一套观念，更亲密、更真诚地走到人民队伍中去。但这并不是以往所说的那种走近，因为所有人都会说："你说得不对，我当然是人民的朋友。我很乐意同工人和农民谈话，我周末还到了这儿或那儿，参观了这个或那个。"每个人都可以这么做。不过以前这么做是为了做善事，可我们现在要做的是团结工人和农民。我们走近人民时不应该说："我们来了啊！我们到这儿来就是给你们做点儿善事，我们来教你们科学，指出你们的错误，证明你们缺乏教养，让你们知道自己的知识是多么匮乏。"我们应该带着一股探索的热情和谦虚的精神，去学习人民的伟大智慧。

我们经常能够发现，我们习以为常的一些观念往往是错的；但这些错误的观念已经成为我们认知的一部分，当然也成了我们意识的一部分。我们需要时常改变自己的观念，不仅需要改变世界观、社会观和哲学观，偶尔也需要改变自己的医疗观。将来我们会看到，治疗病人并不总是像在城市里的大医院那样。那时的医生同时也是农民，他们要学习如何种植新作物，通过他们自己的示范，促使其他人消费新食物，从而使古巴人的膳食结构更加多样。古巴虽是一个贫穷弱小的农业国家，但也有潜力成为地球上最富裕的地方。到了那个时候我们将会看到，在那样的情形之下，我们将会成为一名好老师，桃李满天下，而且我们还要成为政治家。我们应该准备好向人民学习，学习他们的经验和智慧，不要自以为是地炫耀自己的知识。大家要共同建立一个崭新的古巴。

我们已经向前走了很远，已经无法用传统方式来衡量从1959

年1月1日到今天发生的改变。不久前人们意识到，这里不仅倒台了一个独裁者，应声倒塌的还有一个旧的体制。现在，大家应该在这个土崩瓦解的体系之上，另建一个新的体系，给大家带来绝对的幸福。

……我们有一个共同的敌人，这一点大家早已达成共识。大家都在清晰地表达着自己反对垄断的意见，说："美利坚合众国这个垄断政府是我们的敌人，也是整个拉丁美洲的敌人。"但在说这句话之前，他们会左右看看是否有人在偷听，担心有人把偷听到的内容通过外国大使馆传到敌人的耳朵里。

如果大家都已经知道我们的共同敌人是谁，如果大家明白"敌人的敌人就是我们的朋友"这一道理，我们便可以进入下一个环节。我们想在古巴取得怎样的成果？我们想要的是什么？我们到底想不想让人民幸福？我们是否愿意为了古巴经济上的绝对自由而抗争？我们是否愿意为了让古巴成为一个自由国度而抗争？我们是否愿意为了不依附任何国际军事联盟、不用为了国内外政策的制定而向其他国家的大使馆咨询而抗争？我们是否想要再次分配财富，让富有的人不那么富有，让贫穷的人不再那么贫穷？创新是日常生活中取之不尽的快乐源泉，我们是否想要从事创新性的工作？如果大家的答案是肯定的话，我们就有了一个奋斗的目标……在这危险时刻、紧张时刻和变革时刻，我们应该紧盯强大的敌人和宏伟的目标。如果大家都同意这一点，如果大家都知道自己将何去何从，那么接下来无论发生什么事，我们都必须开始我们的工作。

我刚才已经说过，想要成为一名革命者首先要发动一场革命。现在我们已经有了这场革命。革命者必须了解与自己共事的战友。我觉得大家之前并没有多了解彼此……（然而）如果我们知道了目标，知道了敌人是谁，知道了我们要前行的方向，那么接下来应该规划好每天的行程，然后去完成它。没有人能够告诉你这条路有多远，因为这条路需要每个人自己去走完，这是他或她每天都要做的事、要完成的工作、为了人民的幸福要做出的努力。

如果我们已经具备了以上所说的这些条件，那么我们便可以大步向前了。接下来让我们借用何塞·马蒂的一句话，虽然我们还没有完全做到，但应该把它付诸实践，这句话是："行胜于言。"然后，让我们一起迈着大步，向古巴的未来行进吧！